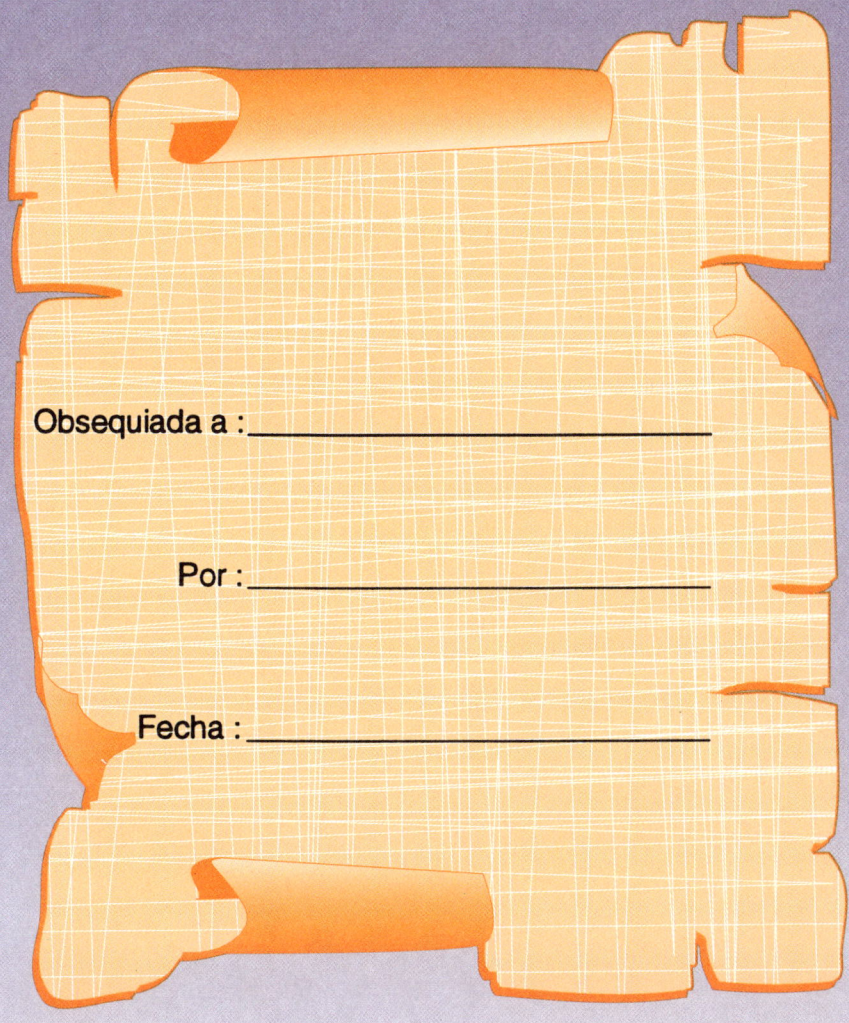

La Biblia
para
Los Niños

Descubra la Palabra de Dios por primera vez

LA BIBLIA PARA LOS NIÑOS

Descubra la Palabra de Dios por primera vez

Chariot Victor Publishing
A Division of Cook Communications

Publicada en Castellano
por Cook Communications Ministries International
4050 Lee Vance View, Colorado Springs, Colorado 80918 U.S.A.

LA BIBLIA PARA LOS NIÑOS

Titulo original en inglés:
THE CHILDREN'S DISCOVERY BIBLE
© 1996 por ChariotVictor Publishing

Todos los derechos reservados. Es prohibida la reproducción
total o parcial de esta obra, por cualquier medio,
sin permiso escrito de los editores.

Todas las citas bíblicas son tomadas de LA BIBLIA DE LAS AMERICAS©
The Lockman Foundation. Usada con permiso.

Diseño de la portada: Bradley L. Lind
Director creativo: Brenda Franklin
Editor Colaborador: Charlene Hiebert
Editor Ejecutivo: Karl Schaller
Ilustraciones: Drew Rose

Traducida al Castellano por:
Sandra Trujillo
Jorge Quiroga

Primera edición en Inglés, 1996
Primera edición en Castellano, 1998

Impreso en los Estados Unidos de América
Printed in the United States of America

Library of Congress Cataloging-in-Publication Data
The children's discovery Bible/
    p.   cm.
  Summary: A collection of retold stories and memory verses from the Bible.
        ISBN 0-7814-1546-2 (hc)
        1. Bible stories, English. [1. Bible stories.] Chariot Books. Title.
BS551.2.C47 1996
220.9'505—dc20

Tabla de Contenido

Antiguo Testamento

Dios Crea El Día Y La Noche 14

El Grandioso Mundo De Dios 18

Dios Crea Los Animales 20

Dios Crea Las personas 22

El Primer Pecado 26

Caín Se Mete En Líos 30

Noé Obedece A Dios 34

Noé Da Gracias A Dios 36

La Torre De Babel 40

Dios Llama A Abraham 42

Abraham Y Sara Esperan Que Dios Responda 46

Una Esposa Para Isaac 50

Jacob Engaña A Su Familia 54

El Sueño De Jacob 58

Los Hermanos Celosos 60

José Va A La Cárcel 64

José Ayuda Al Rey 68

José Perdona A Sus Hermanos 70

Miriam Hace Su Parte 74

Dios Provee Ayuda A Moisés 78

Moisés Y Aarón Siguen Insistiendo 82

Tiempo De Salir	86
Dios Rescata Su Pueblo	88
Dios Provee Agua Y Comida	92
Moisés Recibe Ayuda	96
Dios Da Leyes A Su Pueblo	98
Moisés Escribe La Palabra De Dios	102
Confiando En Dios	104
Cruzando El Río Jordán	106
Dios Gana La Batalla	108
Agradeciendo A Dios	112
El Rey Jabín Causa Problemas	114
Débora Va A La Guerra	116
Dios Ayuda A Gedeón	120
Sansón El Fuerte	124
Rut Honra A Noemí	128
Ana Agradece A Dios	132
Samuel Escucha	136
Dios Escoge A David	138
David Toca Para El Rey	140
David Mata Un Gigante	144
Jonatán Ayuda A Su Amigo David	148
David Y El Rey Dormido	152
David Pide Ayuda	156
El Nuevo Rey	158
Los Salmos De David	160

David Ayuda A Un Cojo	162
Tiempo De Adoración	166
La Petición De Salomón	168
El Templo De Salomón Para Dios	170
Día De Gratitud	174
Salomón Desobedece A Dios	176
Dios Guía A Elías	180
Un Maravilloso Regalo	182
Dios Contesta La Oración De Elías	184
Fuego En Monte Carmelo	186
Dios Consuela A Elías	190
El Rey Acab Quiere Una Viña	194
Eliseo Es Escogido	198
Micaías Dice La Verdad	202
Dios Contesta La Oración De Un Rey	206
Eliseo Ayuda A Una Viuda	210
Naamán Consigue Ayuda De Una Sierva	212
El Principe Escondido	216
Alabando En La Casa De Dios	218
La Oración De Ezequías	222
La Escritura Perdura	224
Tres Valientes Muestran Fe En Dios	226
Daniel Obedece A Dios	230
La Oración De Nehemías	234
El Pueblo De Dios No Paró	236

Esdras Dice: Obedezcan 238
Ester Proteje A Su Pueblo 240
Jonás Y El Gran Pez 246
Isaías Habla De Jesús 252

Nuevo Testamento

El Hijo Prometido 256
El Mensaje Del Angel 258
La Noticia A Los Pastores 260
Regalos Para El Rey 264
Dios Protege A Jesús 268
Viendo Al Salvador 270
Jesús En El Hogar 272
El Joven Jesús En El Templo 274
Jesús En La Escuela 278
Juan Habla De Jesús 280
Siervos Especiales 282
Jesús Es Nuestro Mejor Amigo 284
Un Capitán Tiene Fe En Dios 286
Jesús Sana A Un Enfermo 290
Jesús Detiene La Tormenta 294
Una Familia Triste Se Alegra 296
Jesús Ayuda A Un Sordomudo 300
Jesús Ayuda A Bartimeo 302

Jesús Resuelve Un Gran Problema	306
Jesús Usa El Almuerzo De Un Niño	310
María Y Martha Piden Ayuda A Jesús	314
Orando Por Cosas Buenas	318
Dos Constructores	322
Ayudando A Jesús	324
Guardando El Día De Dios	326
Un Hombre Joven Que Ama Su Dinero	330
Cumpliendo Promesas	334
La Mejor Opción	336
Una Mujer Pobre Da Su Ofrenda	338
Jesús Lee Las Escrituras	342
El Buen Samaritano	344
Martha Aprende	348
La Gente Egoísta	350
Un Hijo Vuelve A Casa	352
El Hombre Perdonado	356
Zaqueo Se Arrepiente	358
Jesús Es Amigable	362
Jesús El Rey Y Salvador	364
Nicodemo Y La Familia De Dios	368
María Adora A Jesús	370
La Promesa De Jesús	372
Jesús Se Despide	374
Jesús Murió Por Tí	376

María Da Las Buenas Nuevas 380

No Estamos Solos 384

El Trabajo De Pedro 386

Jesús Va Al Cielo 388

Nuevo Oficio De Saulo 392

Pablo Es Enviado 394

Dorcas Ayuda A Otros 396

Los Cristianos Dan Ofrenda 400

Pedro Es Liberado 402

Un Milagro Y Un Error 406

Cómo Ser Un Buen Obrero 410

Mucho Trabajo Para Pablo Y Silas 412

Pablo Ayuda A Una Iglesia 418

Apolos Escucha y Aprende 420

Jesús Cuida A Pablo 422

Timoteo Aprende Las Escrituras 426

Los Amigos De Pablo Le Ayudan 430

Pablo Confía En Jesús 432

El Siervo Arrepentido 434

Juan Escribe De La Familia De Dios 436

Virtudes Bíblicas. Galería De La Fama 439

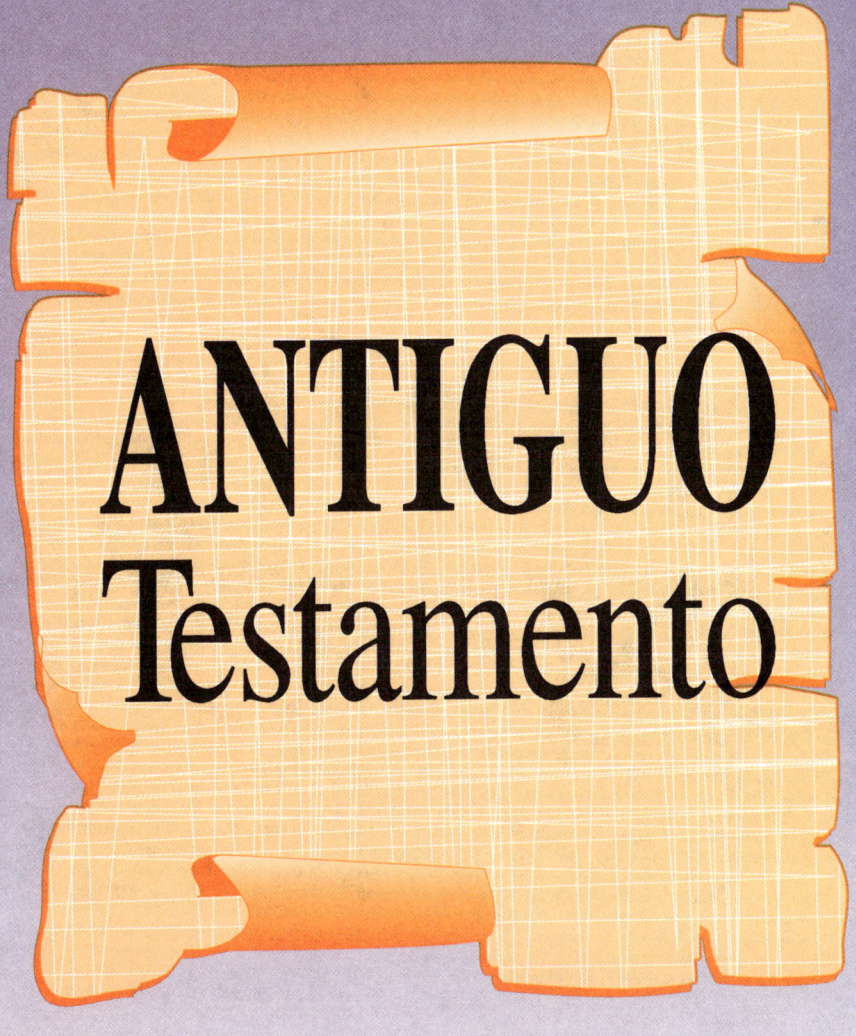

Dios Crea El Día Y la Noche

Historia Bíblica de Génesis 1:1-5,14-18.

En el comienzo ya existía Dios. Pero no había nada más. No había gente, ni había animales. No había plantas ni existía el sol. Tampoco había luna, ni estrellas, ni mundo. ¡Nada!.

Pero Dios siempre ha existido, nadie lo creó.

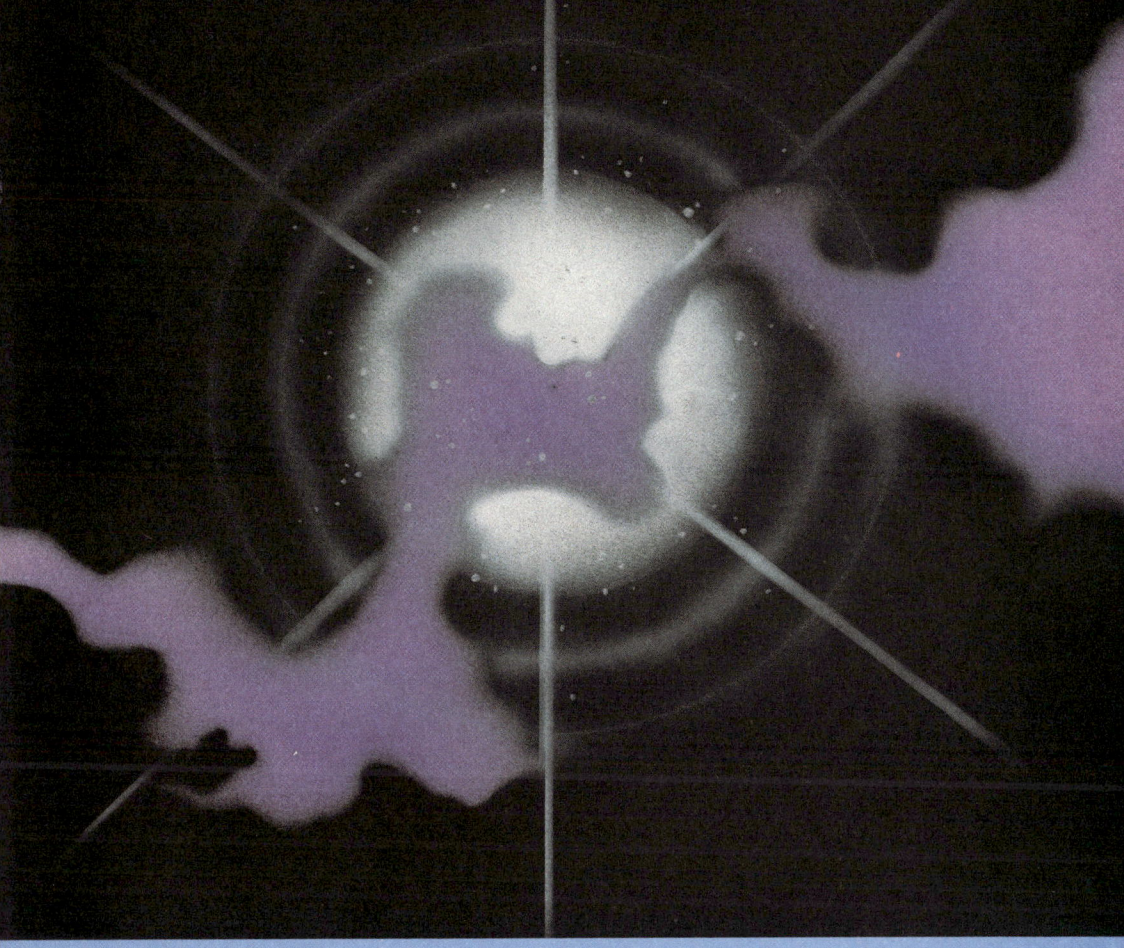

Dios quería crear a las personas, pero creó primero las cosas que la gente necesitaría.

Dios dijo: "Que haya luz". Y hubo luz. A Dios le agradó la luz que creó.

Dios llamó a la luz "día" y a la oscuridad "noche".

Ya hubo noche y ya hubo día. Este fue el primer día.

Dios creó astros que brillan. Hizo el sol para el día. Y la luna para la noche. También creó estrellas. Creó muchas, muchas estrellas.

El puso los astros donde pudieran alumbrar al mundo.

¿Qué pasaría si todo fuera oscuro? ¿Sería bueno? ¡No!. No podríamos ver ni habría la cálida luz del sol para ayudar a crecer las plantas.

¿Qué pasaría si todo fuera claro? ¿Sería bueno? ¡No!. Necesitamos tiempo para dormir y descansar.

Dios creó todo lo que necesitamos. El creó el día y la noche. Dios es un creador bueno.

Versículo Para Memorizar
En el principio creó Dios los cielos y la tierra.

Génesis 1:1

El Grandioso Mundo De Dios

Historia Bíblica de Génesis 1:6-13.

Dios creó todo el universo. Creó la luz y nos dio día y noche. Dios hizo el cielo arriba y el agua abajo.

Dios dijo: "Que el agua esté en un lugar y que haya tierra seca". Y así fue. Y a Dios le agradó lo que sucedió.

Pero Dios todavía no había terminado. Dios hizo la hierba, las plantas y los árboles. Y todo comenzó a crecer. La hierba, las plantas y los árboles produjeron semillas. Las semillas crecieron y produjeron nuevos árboles, hierbas y plantas.

Dios observó el universo y le agradó.

Versículo Para Memorizar
Porque todo lo creado por Dios es bueno.

I Timoteo 4:4a

Dios Crea Los Animales

Historia Bíblica de Génesis 1:20-25.

Dios creó el día y la noche. El creó el cielo, la tierra y el agua. También creó la hierba, las plantas y los árboles.

¡Ahora el mundo de Dios estaba listo para los animales!. Había aire puro para respirar, agua fresca para tomar y buenos alimentos para comer.

Dios dijo: "Que las aguas se llenen de peces, que las aves vuelen en el cielo y que la tierra se llene de todo tipo de animales que andan y se arrastran".

Dios creó cientos y cientos de diferentes clases de animales.
Y le agradó a Dios todo lo que había creado.

Versículo Para Memorizar
Del Señor es la tierra y todo lo que hay en ella.

Salmo 24:1

Dios Crea Las Personas

Historia Bíblica de Génesis 1:26-2:25.

Dios estaba listo para crear a alguien muy especial. El quería crear a alguien que pudiese amarlo; alguien que pudiese cuidar el mundo.

Entonces Dios creó un hombre y lo llamó Adán.

Dios puso a Adán en un jardín. El jardín era muy hermoso. Muchos árboles crecían allí. Había un río que pasaba por el jardín. También había muchos animales.

El hombre comía alimentos de los árboles y cuidaba el jardín. Dios le permitió ponerle el nombre a los animales.

Pero Adán no tenía una ayuda. No había más personas en el jardín.

Dios Dijo: "El hombre no debería estar solo. Le haré una ayuda". Entonces Dios creó una mujer. Y le puso por nombre Eva.

El hombre y la mujer podían pensar. Ellos podían hablar con Dios y ser sus amigos.

Dios les dio comida del jardín. Y les dijo que cuidaran todo.

El hombre y la mujer eran muy felices en el mundo que Dios había creado para ellos.

Finalmente, Dios había terminado con su creación. Miró todo lo que había hecho y dijo; "Me agrada todo esto". Entonces Dios descansó.

Versículo Para Memorizar
Te alabaré, porque asombrosa y maravillosamente he sido hecho.
Salmo 139:14

El Primer Pecado

Historia Bíblica de Génesis 3.

Adán y Eva eran felices. Ellos vivían en un jardín muy hermoso. Dios lo creó especialmente para ellos.

Los árboles tenían sus propios frutos. Dios les dijo: "Disfrútenlos. Son para ustedes. Pero hay un sólo árbol que es muy especial. No coman su fruto. Si lo hacen, los castigaré".

Adán y Eva obedecieron a Dios y eran muy felices.

Pero una serpiente estaba en el jardín y le habló a Eva. Realmente era Satanás que estaba hablando por medio de la serpiente.

Eva estaba cerca del árbol que era especial. En ese momento Satanás le dijo a Eva: "¿Dios les dijo que no comieran este fruto?".

"Si", dijo Eva. "Si lo comemos seremos castigados".

"¡No serán castigados!", les mintió Satanás. "Conocerán lo bueno y lo malo. Serán tan sabios como Dios".

Eva contempló el árbol. El fruto se veía muy, muy rico. Ella quería llegar a saber todo lo que Dios sabe. Entonces Eva comió del fruto y le dio a Adán. Y él también comió.

Más tarde, Dios vino a hablar con ellos. Pero ellos se escondieron de El. Tenían miedo porque habían desobedecido a Dios.

Dios dijo: "Deberían haberme obedecido. Ahora debo disciplinarlos".

Dios sacó a Adán y Eva del jardín y les dijo: "Ahora deben trabajar duro. Ahora no siempre serán felices".

Adán y Eva estaban tristes. Ellos sabían que habían hecho algo incorrecto. Dios tuvo que castigarlos.

Versículo Para Memorizar
Hijo mío, no rechaces la disciplina del Señor.
Proverbios 3:11a

Caín Se Mete En Líos
Historia Bíblica de Génesis 4:1-16.

Por su desobediencia, Adán y Eva tuvieron que salir del jardín. Pero no se habían olvidado de Dios; Dios todavía les amaba.

Adán y Eva tuvieron dos hijos. El nombre de uno era Caín. Caín creció y se convirtió en un agricultor. El sembraba semillas en el campo. El otro muchacho era Abel; él creció y se convirtió en un pastor. El cuidaba ovejas.

Adán enseñó a sus dos hijos a llevar ofrendas a Dios.
Abel quería agradar a Dios. Entonces él le ofreció a Dios sus mejores ovejas. Dios estaba muy feliz con Abel.

Caín le dio a Dios algunos frutos de su tierra. Pero a Caín no le importaba si agradaba a Dios o no. El no obedecía a Dios. Entonces Dios no aceptó la ofrenda de Caín. Esto molestó mucho a Caín.

Dios le dijo a Caín, "¿Por qué estás enojado?. Yo estaría feliz contigo si me obedecieras".

Caín no escuchó y siguió haciendo todo lo malo. Cierto día Caín dijo a Abel, "Vamos al campo a caminar". Abel fue con Caín. Cuando estaban solos, Caín mató a su hermano Abel.

Dios le dijo a Caín: "¿Dónde está tu hermano?".
"¿Por qué debería yo saberlo?", respondió Caín a Dios.

"Tú deberías saberlo porque tú lo mataste. Por eso debes irte de tu casa. Desde ahora tendrás que vagar por todas partes. Las semillas que siembres no volverán a crecer", le dijo Dios.

Caín estaba triste. Y Dios también estaba triste. Caín debería haber dejado de hacer el mal cuando Dios se lo dijo.

Versículo Para Memorizar
Hijo mío, no rechaces la disciplina del Señor, ni aborrezcas su represión.

Proverbios 3:11

Noé Obedece a Dios

Historia Bíblica de Génesis 6:9-7:24.

Muchos años pasaron después que Dios creó al ser humano. Muchas familias vivieron en el mundo. Pero la mayoría de ellos no obedecieron a Dios. Solamente Noé obedeció a Dios.

Un día Dios le dijo a Noé, "Debo castigar a la gente porque no me obedece. Un gran diluvio cubrirá toda la tierra. Pero mantendré tu familia a salvo". Dios le dijo a Noé que costruyera un gran bote llamado arca.

Dios le dijo a Noé, "Lleva dos animales de cada especie al arca. Entra al arca con tu familia y yo cerraré la puerta". Noé obedeció a Dios.

Muy pronto comenzó a llover. ¡Llovió por más de un mes!. El agua cubrió todo. Pero Noé y su familia estaban seguros. El estaba muy contento de haber obedecido a Dios.

Versículo Para Memorizar
He aquí, Dios es el que me ayuda; el Señor es el que sostiene mi alma.

Salmo 54:4

Noé Da Gracias A Dios

Historia Bíblica de Génesis 8:1-9:17.

Noé y su familia estuvieron en el arca por mucho tiempo. Los animales también.

Finalmente dejó de llover, pero todavía el agua cubría toda la tierra. El arca flotaba sobre el agua. Después el arca se detuvo en la cima de una montaña.

Noé abrió una ventana. Lo único que pudo ver fue agua.

Noé mandó una paloma fuera del arca. La paloma regresó con una ramita en su pico. "Los árboles están creciendo de nuevo", dijo Noé. "Eso nos indica que el agua está bajando".

Noé esperó siete días más. Y volvió a mandar la paloma. Esta vez la paloma no regresó. Había encontrado un hogar seco y seguro.

Dios le dijo a Noé, "Pueden ahora salir del arca y dejar que los animales también salgan". Y así lo hicieron ellos.

"Nosotros obedecimos a Dios, y El nos cuidó", le dijo Noé a su familia. Después construyó un altar, y todos dieron gracias a Dios por haberlos mantenido a salvo.

Dios estaba feliz. A El le agradó lo que Noé había hecho. Dios dijo, "Te haré una promesa, siempre tendrán primavera, otoño, verano e invierno. Jamás volveré a enviar un gran diluvio que cubra la tierra".

Después Dios dijo, "Haré un arco iris en el cielo. Cuando veas este arco iris recuerda Mi promesa".

"Gracias Dios", dijo Noé y su familia. "Gracias por salvarnos y por cuidar a los animales también".

Versículo Para Memorizar
He aquí, Dios es el que me ayuda; el Señor es el que sostiene mi alma.

Salmo 54:4

La Torre De Babel

Historia Bíblica de Génesis 11:1-9.

Después del diluvio, los tres hijos de Noé y sus esposas tuvieron muchos hijos. Cuando sus hijos crecieron también tuvieron muchos hijos. Pronto el mundo comenzó a llenarse otra vez de seres humanos.

Todos hablaban el mismo idioma. Ellos dijeron: "Vamos, hagamos ladrillos y edifiquemos una ciudad con una torre muy grande. Podemos edificarla lo suficientemente alta como para alcanzar el cielo".

Dios vio lo que la gente estaba haciendo. A El no le agradó esto. "Esto no conducirá a nada bueno", dijo El. "Yo quiero que la gente se extienda por toda la tierra y la llene".
Dios hizo que cada familia hablara un idioma diferente. Nadie podía entender a su vecino.
"¡Para de balbucear!", se decían entre ellos mismos. Muy pronto paró el trabajo en la torre. La gente comenzó a empacar y se fueron.

Versículo Para Memorizar
Cuando viene la soberbia, viene también la deshonra.
Proverbios 11:2a

Dios Llama A Abraham

Historia Bíblica de Génesis 11:31-12:9.

Abraham vivía en una ciudad muy grande. La mayoría de la gente en la ciudad no conocía a Dios. Ellos adoraban la luna. Abraham conocía a Dios y quería obedecerle.

Un día Dios llamó a Abraham para que hiciera algo muy especial. Dios le dijo: "Abraham, deja tu casa. Te mostratré una tierra nueva". Entonces Abraham se marchó.

Primero fue a una nueva ciudad. Pero Dios le dijo de nuevo, "Deja tu casa. Te mostraré una tierra nueva. Yo estaré contigo y te ayudaré. Te daré una familia muy grande. Serás muy especial".

Entonces Abraham se marchó. Llevó consigo a Sara, su esposa. También llevó a su sobrino, Lot, y a todos sus siervos. Llevó sus ovejas y sus vacas.

La familia caminó por mucho tiempo. Fue un viaje muy difícil. Pero Dios les mostró a dónde debían ir.

Un día llegaron a una tierra nueva. Dios le dijo a Abraham, "Esta será tu tierra. Te la daré a ti y a tu familia".

Abraham construyó un altar y le habló a Dios allí. Después armó su tienda en su nueva tierra natal. Sus familiares también armaron su tienda.

Dios le dijo a Abraham, "Obedéceme y haz lo que es correcto. Yo estaré contigo y te ayudaré. Te daré una familia muy grande. Tú serás muy especial".

Abraham miró la nueva tierra. Era su tierra. Dios le había dicho que se trasladara allí.

Versículo Para Memorizar
Señor, muéstrame tus caminos, y enséñame tus sendas.

Salmo 25:4

Abraham Y Sara Esperan Que Dios Responda

Historia Bíblica de Génesis 15:1-5; 17:15-21; 21:1-3.

Año tras año Abraham y Sara oraban a Dios que les diera un hijo. Dios les prometió hacerlo, pero tenían que esperar. Después de haber esperado mucho tiempo se preguntaron, "¿Será que Dios algún día responderá nuestra oración?".

Cierta noche Dios dijo, "Abraham, no te preocupes".

Dios le pidió a Abraham que mirara el cielo por la noche. "Trata de contar las estrellas", dijo Dios, "Así será el número de hijos, nietos, bisnietos y tataranietos que te daré". ¡Qué familia tan inmensa tendría Abraham algún día!.

Entonces Abraham y Sara siguieron esperando que Dios les contestara sus oraciones. Ellos seguían envejeciendo. "Ya estamos muy viejos", decían. "Dios ya no nos va a dar un bebé". Era imposible que ellos tuvieran un hijo.

Por fín, un día Dios dijo, "Abraham, voy a contestar tu oración. Tú y Sara van a tener un hijo. Lo llamarás Isaac".

Abraham y Sara dijeron, "Hemos orado mucho tiempo y hemos esperado mucho, mucho tiempo. ¿Será que Dios si nos va a dar un bebé ahora que estamos tan viejos?".

Dios contestó sus oraciones. ¡Les dio un niño!. Abraham y Sara lo llamaron Isaac, que significa, "El que ríe".

Ese era un buen nombre porque el bebé Isaac hizo que Abraham y Sara se rieran llenos de alegría.

¡Qué bueno fue Dios al contestar sus oraciones!. Dios no olvidó a Abraham y Sara a pesar de todo el tiempo que estuvieron esperando Su respuesta. Su oración fue finalmente contestada justo en el tiempo apropiado.

Versículo Para Memorizar
Espera al Señor; esfuérzate y aliéntese tu corazón. Sí, espera al Señor.

Salmo 27:14

Una Esposa Para Isaac

Historia Bíblica de Génesis 24.

 Isaac ya no era un niño. Ahora era un adulto. Era hora de tener una esposa. Abraham quería una esposa para Isaac que amara a Dios. Por eso le pidió a su mejor siervo que le ayudara. "Ve a la tierra donde yo vivía antes y busca una buena esposa para Isaac. Dios te ayudará".

El siervo empacó comida, agua y regalos sobre unos camellos. Los regalos eran para la nueva esposa de Isaac.

El siervo viajó durante muchos días en un camello y llegó a la ciudad donde antes vivía Abraham. El siervo paró para descansar al lado de un pozo. Oró a Dios y dijo, "Ayúdame a encontrar una esposa para Isaac. Le pediré agua a una joven. Observaré si también le da agua a los camellos. Si lo hace, entonces ella es la esposa apropiada para Isaac".

Una joven llegó al pozo. Llenó su jarrón de agua. El siervo se acercó a la joven y le preguntó, "¿Me regalas un poco de agua?".

"Si", dijo la muchacha y le dió un poco de agua. "También le daré a los camellos".

El siervo de Abraham sonrió. Dios había hecho que todo saliera bien. "¿Cómo te llamas?", preguntó el siervo.

"Soy Rebeca", dijo ella. Luego Rebeca invitó al siervo a conocer su familia y pasar la noche en su casa.

El siervo le explicó a la familia de Rebeca porqué había venido y le dió a Rebeca los regalos.

Rebeca y su familia estuvieron de acuerdo en que ella se casara con Isaac aunque todavía no lo conocía.

Al día siguiente Rebeca y el siervo viajaron de regreso a casa de Isaac. Cuando Isaac y Rebeca se conocieron, se enamoraron. Dios hizo que todas las cosas les salieran bien.

Versículo Para Memorizar
Bendice, alma mía, al Señor, y no olvides ninguno de sus beneficios.

Salmo 103:2

Jacob Engaña A Su Familia

Historia Bíblica de Génesis 25:27-34; 27:1-45.

Rebeca e Isaac tuvieron dos hijos. Ellos eran hermanos gemelos. Esaú nació unos minutos antes que Jacob. Eso significaba que Esaú era el hijo mayor y que algún día sería la cabeza de la familia.

Cierto día mientras que Esaú estaba cazando, Jacob preparó una sopa. Cuando Esaú regresó a casa tenía mucha hambre. Por lo tanto le dijo a Jacob, "Dáme un poco de tu sopa inmediatamente".

Jacob respondió, "Te daré un poco de sopa si me das tu lugar en la familia".

Esaú nunca pensó que su posición en la familia fuera tan importante. Por lo tanto dijo, "Puedes tomar mi lugar".

Pasaron muchos años. Isaac envejeció. El era el padre de Esaú y Jacob. "Voy a bendecirte Esaú", le dijo Isaac. "Pero primero tráeme un poco de carne de venado para comer".

Jacob quería ser bendecido. Entonces, mientras que Esaú estaba cazando, Jacob y su madre planearon un engaño.

La mamá de Jacob preparó una carne de cabrito como a Isaac le gustaba. Después amarró la piel del cabrito en los brazos y en la nuca de Jacob. "Tu padre es ciego. Cuando él te toque y sienta el pelo del cabrito, pensará que eres Esaú porque Esaú tiene más cabello que tú. ¡Apúrate!, ve donde tu padre antes que Esaú llegue a casa".

Entonces Jacob fue a la carpa de su padre. Se inclinó cerca a Isaac y dijo, "Soy Esaú y te he traído la carne que me pediste. ¿Me vas a bendecir?".

Isaac tocó los brazos de Jacob. El pensó que era su velludo hijo Esaú. Entonces lo bendijo. Isaac oró, "Que Dios te dé muchas cosas. Que todos hagan lo que tú digas. Tú serás la cabeza de la familia".

Esaú se enojó mucho cuando descubrió lo que Jacob había hecho. Jacob tuvo que irse de la casa por un largo tiempo.

Versículo Para Memorizar
No matarás. No darás falso testimonio.

Mateo 19:18a

El Sueño De Jacob

Historia Bíblica de Génesis 28:10-22.

Jacob estaba huyendo de casa. Su hermano Esaú estaba muy enojado y quería matarlo. Ya era casi noche y Jacob paró para descansar. No había una cama suave para dormir, solamente el piso y una piedra que utilizó como almohada.

Jacob estaba tan cansado que no le importó. Muy pronto se quedó dormido. Soñó que veía una escalera que llegaba hasta el cielo. Había ángeles subiendo y bajando las escaleras. Y arriba, puesto en pie, estaba el Señor.

Dios le dijo, "Yo soy el Dios de tu padre y de tu abuelo. Te daré a ti y a tus hijos la tierra donde estás acostado si me reconoces como tu Dios. Te prometo que te cuidaré".

Cuando Jacob se despertó, derramó aceite sobre la piedra que usó como almohada. Después le dijo a Dios, "Si tú me cuidas y me devuelves seguro a casa de mis padres algún día, serás mi Dios dónde quiera que yo vaya".

Versículo Para Memorizar
Líbrame, oh Señor, de los hombres malignos; guárdame de los hombres violentos.

Salmo 140:1

Los Hermanos Celosos

Historia Bíblica de Génesis 37.

José tenía diez hermanos mayores. Ellos sentían envidia de José. Su padre, Jacob, le dio a José un abrigo nuevo. Este abrigo de mangas largas y de muchos colores era muy especial. Jacob nunca le había dado a los muchachos mayores un abrigo tan lindo.

Cierta noche José tuvo un sueño. Soñó que él y sus hermanos tenían cada uno un manojo de trigo.

El manojo de José se levantó mientras que los de sus hermanos se inclinaban ante el de él.

José tuvo otro sueño. El sol, la luna y las estrellas se inclinaban ante él en ese sueño.

José le contó a sus hermanos el sueño. Los hermanos, muy enojados, dijeron, "¿Tú crees que algún día serás nuestro rey?. Nunca nos inclinaremos ante ti".

Un día sus hermanos llevaron las ovejas a la montaña para buscar pastos verdes. Varios días después Jacob le dijo a José, "Ve y mira como están tus hermanos y luego vienes y me cuentas".

José se puso su hermoso abrigo y fue a buscar a sus hermanos. Cuando sus envidiosos hermanos lo vieron venir, planearon librarse de él. Ellos le quitaron su abrigo y echaron a José en un pozo seco.

En ese momento, un grupo de hombres venía en unos camellos. Ellos iban a la tierra de Egipto a vender cosas.

Uno de sus hermanos dijo, "Vendamos a José a estos hombres. Ellos lo llevarán a Egipto y lo venderán como un esclavo".

Y precisamente eso fue lo que hicieron sus hermanos. Rasgaron el hermoso abrigo de José y lo untaron con sangre de cabra. Cuando regresaron a casa, le dijeron a su padre Jacob, "Oh, padre, encontramos el abrigo de José. Un animal salvaje debe haberlo matado". Esta noticia entristeció mucho a Jacob.

Versículo Para Memorizar
Si es posible, en cuanto de vosotros dependa, estad en paz con todos los hombres.

Romanos 12:18

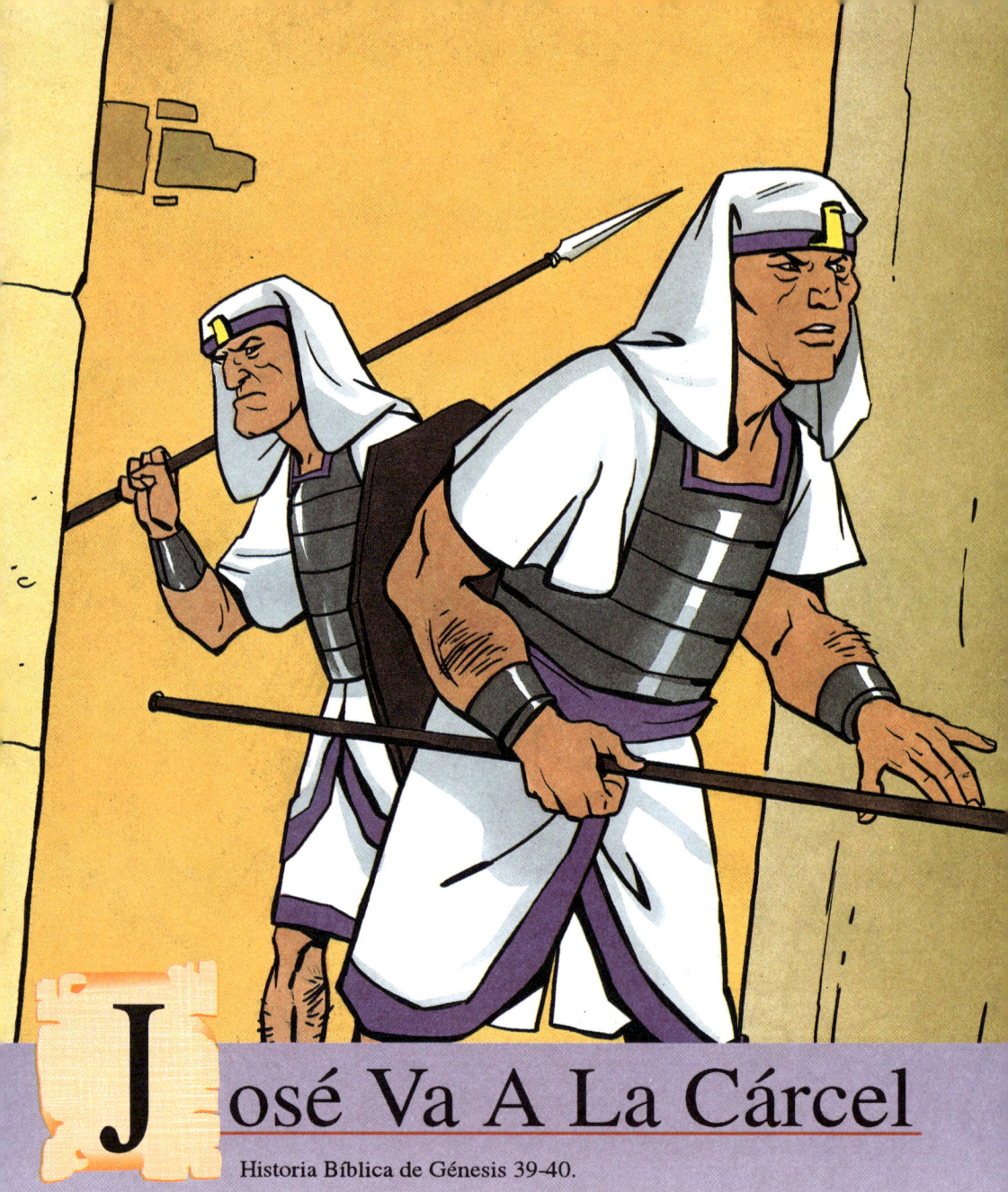

José Va A La Cárcel

Historia Bíblica de Génesis 39-40.

Los hombres que compraron a José lo llevaron hasta la lejana tierra de Egipto y después lo vendieron a un hombre rico llamado Potifar.

Potifar estaba contento con José. Hacía muy bien todos los trabajos que le daba. Cierto día Potifar le dijo, "José, yo sé que puedo confiar en ti para que cuides todo lo que poseo, mi dinero, mi casa, y mi tierra. Tú serás mi siervo principal".

Cierto día la esposa de Potifar le pidió a José que hiciera algo que él sabía que no le agradaría a Potifar. "¡No!", le contestó José. "Tu esposo confía en mi. Sería incorrecto que yo hiciera algo así".

Esto hizo que la esposa de Potifar se enojara. "Ya verás", dijo ella. Entonces comenzó a llorar y fue donde estaba Potifar y le dijo una mentira sobre José.

Potifar creyó la mentira de su esposa y envió a José a prisión.

José era un buen ayudante en la prisión. Pronto adquirió un trabajo importante. Ayudaba a vigilar los otros prisioneros. El era amable y los escuchaba.

Dos prisioneros tuvieron unos sueños que los preocuparon. Uno de ellos era el panadero del rey. Y el otro era el copero.

Dios permitió que José interpretara los sueños. El le dijo al copero, "En tres días saldrás de prisión y regresarás a tu trabajo".

También le dijo al panadero, "Tu sueño significa que en tres días vas a morir".

Todo lo que José les dijo a los dos hombres se hizo realidad. "Por favor coméntale al rey acerca de mí", le dijo José al copero. "Estoy en prisión, pero no he hecho nada malo". El copero le dijo que hablaría con el rey, pero muy pronto olvidó todo sobre José.

Versículo Para Memorizar
Esforzaos, y aliéntese vuestro corazón, todos vosotros que esperáis en el Señor.

Salmo 31:24

José Ayuda Al Rey

Historia Bíblica de Génesis 41:1-40.

Pasaron dos años y José todavía se encontraba en prisión. Entonces una noche el Faraón tuvo dos sueños y le preguntó a sus ayudantes, "¿Quién me puede decir lo que significan mis sueños?". Nadie pudo responderle al rey.

En ese momento el copero se acordó de José. "Yo conozco un hombre que te puede ayudar". Entonces el rey mandó traer a José.

José le dijo al rey, "Tus sueños significan que habrá siete años de abundancia de alimentos y después habrá siete años de escasez. Tus sueños son una advertencia para comenzar a ahorrar comida para los años de escasez".

El rey puso a José como su ayudante. "Te daré el cargo de almacenar la comida para cuando llegue el tiempo de escasez. Ya no eres prisionero ni esclavo. Junto conmigo eres el hombre más importante en Egipto".

Versículo Para Memorizar
Porque Él te libra del lazo del cazador.

Salmo 91:3a

José Perdona A Sus Hermanos

Historia Bíblica de Génesis 42:1-47:12.

Ahora José era el ayudante del rey. Durante los siete años buenos, él le indicó a la gente la comida que tenían que almacenar. Puso la comida en unos graneros muy grandes. Cuando los siete años malos llegaron, vendió la comida a la gente.

Cierto día llegaron diez hombres de otro país para comprar comida; se inclinaron ante José. Los diez hombres eran los hermanos de José. Los mismos que lo vendieron.

José los reconoció, pero ellos no lo reconocieron. "¿Todavía vive su padre?", les preguntó José. "¿Tienen un hermano menor?".

"Sí, nuestro padre vive y tenemos un hermano menor llamado Benjamín", dijeron los hombres.

"Uno de ustedes se quedará aquí en prisión mientras ustedes regresan a casa y traen a Benjamín", dijo José.

Entonces un hermano se quedó en Egipto mientras que los otros regresaron a casa para traer a Benjamín.

Cuando los hermanos regresaron con Benjamín, José les vendió un poco de comida. "Benjamín debe quedarse conmigo", dijo José.

"¡No!", exclamaron todos los hermanos. "Necesitamos llevar a Benjamín a casa. Nuestro padre lo necesita. Mejor deja uno de nosotros en lugar de Benjamín".

Ahora José sabía que sus hermanos habían cambiado. Estaban muy tristes por haber afligido a su papá al vender a José. Después José invitó a sus hermanos a comer en su casa.

Ellos todavía no sabían quién era él. Pero cuando José estuvo a solas con sus hermanos, les dijo, "Yo soy su hermano José. Los perdono por haberme mandado aquí". ¡Sus hermanos quedaron sorprendidos!.

"Dios me quería aquí para que ayudara al rey a almacenar la comida para todos", dijo José. "Ahora traigan a mi padre para que me vea". Y sus hermanos lo hicieron.

Versículo Para Memorizar
Engrandeced al Señor conmigo, y exaltemos a una su nombre.
Salmo 34:3

Miriam Colabora

Historia Bíblica de Exodo 1:1-2:10.

Miriam y su familia eran israelitas. Los israelitas eran el pueblo de Dios y vivían en la tierra de Egipto. Un día el rey de Egipto dijo, "Hay mucha gente israelita en mi tierra. Todos los niños varones deben morir".

Miriam tenía un hermanito. Ella quería ayudar a esconderlo de los hombres del rey.

Miriam observó a su mamá hacer una canasta para el bebé. Parecía un bote. Después ella y su mamá pusieron al bebé en la canasta y la taparon.

"Escondamos al bebé en la hierba que crece a lo largo del río", dijo la mamá de Miriam. "Así cuando el bebé llore, nadie podrá escucharlo. Quiero que tú también te escondas para que puedas cuidar a tu hermano".

Al poco tiempo Miriam vio una mujer que venía hacia el río. Era la princesa y sus doncellas. La princesa era la hija del rey.

Mientras que la princesa y sus doncellas caminaban hacia el lugar donde estaban Miriam y el bebé escondidos, el bebé comenzó a llorar. "¿Qué es ese ruido?" La princesa preguntó. "Suena como un bebé".

Una de sus doncellas encontró la canasta y se la trajo a la princesa. Cuando la princesa destapó la canasta, vio al bebé llorando y lo alzó. "¡Es un niño israelita!", dijo ella. "Lo adoptaré y le llamaré Moisés".

Miriam corrió a donde estaba la princesa y dijo, "Yo conozco a alguien que te puede ayudar a cuidar este bebé".

"Qué bueno", dijo la princesa. "Ve y trae a esa mujer". Entonces Miriam corrió y trajo a su mamá.

Miriam estaba muy feliz de haber podido encontrar un hogar seguro para su hermano.

Versículo Para Memorizar
Así que procuremos lo que contribuye a la paz.

Romanos 14:19a

Dios Provee Ayuda A Moisés

Historia Bíblica de Exodo 3:1-4:20.

Moisés creció. El no vivía con el pueblo israelita en Egipto, donde eran esclavos. Moisés se fue de Egipto y se volvió un pastor de ovejas. Cierto día mientras que Moisés estaba con sus ovejas, vio un arbusto que estaba ardiendo, pero al mirarlo detenidamente notó que no se quemaba.

Moisés se acercó al arbusto para mirarlo. Entonces escuchó una voz que venía del arbusto, "¡Moisés, Moisés!".

Moisés sabía que era Dios quien estaba hablando. "Aquí estoy", le respondió.

"Quítate tus zapatos, Moisés. Este lugar es muy especial porque yo estoy Aquí", le dijo Dios.

Moisés se quitó sus zapatos sucios y escondió su cara de Dios. Tenía mucho miedo.

Dios le dijo, "Soy tu Dios, Moisés. He visto el dolor de mi pueblo, los israelitas. Regresa a Egipto y dile al rey que deje libre a mi gente. Yo tengo una tierra nueva donde van a vivir".

¿Cómo puedo hacer para que el rey deje ir al pueblo israelita?. Moisés le preguntó a Dios.

"No te preocupes. Yo estaré contigo para ayudarte", le dijo Dios.

Pero Moisés todavía tenía mucho temor; por lo tanto preguntó, "¿Qué debo decirle a los israelitas?".

Dios le respondió, "Diles que Yo te mandé".

Moisés todavía tenía mucho miedo de hacer lo que Dios le pedía. "Envía a otra persona, yo no hablo muy bien", dijo Moisés.

Dios le contestó, "Yo hice tu boca, Moisés. Yo te ayudaré a hablar. Enviaré a tu hermano, Aarón, contigo para que hagan este duro trabajo".

Entonces Moisés regresó a Egipto y encontró a su hermano, Aarón. El estaba muy feliz de que el Señor le hubiese dado una ayuda y también de que les continuaría ayudando.

Versículo Para Memorizar
Llevad los unos las cargas de los otros.

Gálatas 6:2a

Moisés Y Aarón Siguen Insistiendo

Historia Bíblica de Exodo 5:1-10:29.

Moisés y Aarón fueron donde estaba el rey de Egipto y le dijeron, "Deja ir al pueblo israelita. Dios tiene una tierra nueva para ellos".

"Yo no conozco a su Dios", les dijo el rey. "¿Por qué tengo que hacer lo que él dice?. No dejaré ir al pueblo". El rey estaba muy enojado. Hizo que los esclavos israelitas trabajaran más duro que antes.

Moisés le dijo al pueblo de Israel. "Dios quiere que vayamos a una tierra nueva. Debemos partir".

Entonces Dios le dijo a Moisés y a Aarón, "Vayan de nuevo y hablen con el rey. Le mostraré mi poder. El rey sabrá que Yo soy Dios".

Entonces Moisés y Aarón siguieron insistiendo. Le dijeron al rey, "Deja ir al pueblo de Dios".

"¡No!", dijo el rey muy enojado.

Pero Moisés y Aarón siguieron insistiendo. Fueron muchas veces donde estaba el rey y le decían, "Deja ir al pueblo de Dios". Pero el rey no les escuchaba.

Cada vez que el rey decía no, Dios hacía que algo malo les pasara a los egipcios. El agua de ellos se convirtió en sangre. Después una gran cantidad de ranas salió saltando del agua y llenó las casas y calles de los egipcios. Luego llegó una nube de moscas e insectos. Y una tormenta de granizo destrozó todos los cultivos. También el ganado de los egipcios se enfermó y murió.

Dios también hizo que otras cosas malas pasaran. Pero siempre cuidaba a los israelitas. Después de cada acontecimiento, Moisés y Aarón le decían al rey, "¡Deja ir al pueblo de Dios!". Pero el rey decía que no.

Moisés y Aarón sabían que debían seguir insistiendo. Con la ayuda de Dios el rey muy pronto se rendiría.

Versículo Para Memorizar
Confía en el Señor, y haz el bien.

Salmo 37:3a

Tiempo De Partir

Historia Bíblica de Exodo 11:1-12:51.

Un día Dios le dijo a Moisés que el pueblo de israel muy pronto saldría de Egipto. Dios le dijo, "Algo aún más malo va a suceder. El hijo mayor de cada familia Egipcia morirá. Después el rey dejará ir a mi pueblo".

Dios le dio instrucciones a Moisés para que los israelitas las cumplieran. Los padres israelitas debían marcar sus puertas con la sangre de un cordero. Dios les prometió que pasaría de largo por las casas que estuvieran marcadas con la sangre y no mataría a ningún hijo israelita.

Dios también les dijo a los israelitas que debían preparar una comida de Pascua con el cordero y panes sin levadura. Tenían que comer rápido de forma tal que estuvieran listos para salir de Egipto.

Todo sucedió tal como Dios lo había dicho. El rey y su gente estaban muy tristes porque sus hijos habían muerto. El rey se dio cuenta que no podía derrotar a Dios y le dijo a Moisés, "Tu pueblo puede irse".

Versículo Para Memorizar
Dios es nuestro refugio y fortaleza, nuestro pronto auxilio en las tribulaciones.

Salmo 46:1

Dios Rescata Su Pueblo

Historia Bíblica de Exodo 13:17-15:21.

Cuando Moisés y los israelitas salieron de Egipto, no sabían el camino a la tierra nueva que Dios les había prometido. Pero sí sabían que Dios les guiaría y que no había nada demasiado difícil para Dios.

Dios mandó una nube grande para dirigir a su pueblo en el día. En la noche la nube ardía como fuego y les daba luz para que ellos pudieran ver.

El pueblo siguió la nube. Pronto llegaron al Mar Rojo. Armaron sus tiendas para descansar allí.

Pero de pronto la gente escuchó unos sonidos. ¡Era el ejército egipcio!. El rey había mandado sus hombres para hacer regresar a los israelitas a Egipto.

El pueblo israelita estaba muy asustado cuando vio a los egipcios venir. El Mar Rojo estaba al frente de ellos y no tenían ningún barco que pudieran usar para cruzar.

"No tengan miedo", les dijo Moisés. "Dios nos va a cuidar". El sabía que nada era demasiado difícil para Dios.

Después Dios le dijo a Moisés, "Sostén tu vara".

Moisés hizo lo que Dios le ordenó. Luego Dios hizo que el viento soplara y moviera las aguas del Mar Rojo. Poco tiempo después hubo un camino seco por el mar y la gente cruzó.

El ejército egipcio los estaba persiguiendo. Pero cuando el pueblo de Israel estuvo a salvo, Dios hizo que el agua volviera a su lugar. Los egipcios se ahogaron en el mar.

Después el pueblo de Israel alabó a Dios. "Tú eres un Dios maravilloso. Nada es demasiado difícil para nuestro Dios".

Versículo Para Memorizar
Porque ninguna cosa será imposible para Dios.

Lucas 1:37

Dios Provee Agua Y Comida

Historia Bíblica de Exodo 15:22-16:36.

Moisés y el pueblo de Israel caminaron por el desierto durante tres días. Tenían mucho calor y sed y no había agua para tomar.

Después el pueblo vio un manantial de agua. Corrieron hasta donde estaba el manantial pero el sabor del agua era feo. El pueblo se enojó contra Moisés y dijo, "Es tu culpa por traernos aquí. Necesitamos agua que sea buena para tomar".

Moisés le pidió a Dios que le mostrara qué hacer. Dios le dijo que arrojara un árbol al agua. Esto sonaba raro, pero Moisés hizo lo que Dios le dijo. De alguna forma el árbol hizo que el agua tuviese mejor sabor. Entonces el pueblo pudo beberla.

Poco después, la nube de Dios comenzó a moverse; ya era tiempo de caminar un poco más. Los dirigió a un lugar muy hermoso con manantiales de agua limpia y cristalina, y la sombra de muchos árboles. Se quedaron allí unos pocos días y descansaron. Después de esto la nube de Dios comenzó a moverse y el pueblo marchó tras ella una vez más.

Muy pronto el pueblo sintió hambre porque se quedaron sin alimento. Una vez más estaban muy enojados con Moisés. "¡Tenemos hambre!", decían.

Entonces otra vez Moisés habló con Dios. El sabía que Dios le podía ayudar. Dios le dijo a Moisés, "Te enviaré comida".
De inmediato pasaron unas codornices volando. El pueblo las atrapó y las cocinaron para la cena.

A la mañana siguiente el pueblo encontró pedacitos extraños de comida dispersos en el suelo.

Los pedacitos de comida eran blancos y sabrosos. "Esto es comida de Dios", dijo Moisés al pueblo. El pueblo lo llamó "maná".

Dios cuidó de su pueblo mientras estaba en el desierto. Siempre les dio suficiente comida y bebida para subsistir.

Versículo Para Memorizar
Y mi Dios proveerá a todas vuestras necesidades.
                                                Filipenses 4:19a

Moisés Recibe Ayuda

Historia Bíblica de Exodo 18:13-27.

¡Moisés tenía demasiado trabajo!. El era quién juzgaba al pueblo de Dios. Cuando los israelitas tenían un problema, visitaban a Moisés para preguntarle qué hacer.

Había mucha gente con problemas. La gente iba a consultar a Moisés todo el día. El nunca tenía tiempo para descansar. Entonces Jetro, el suegro de Moisés tuvo una buena idea.

Jetro dijo a Moisés, "Tú necesitas ayuda. Enséñale a otras personas a ser jueces para que ellos te ayuden. Si un problema es muy difícil para ellos, entonces el pueblo puede venir a ti para solicitar tu ayuda".

Moisés hizo lo que Jetro le había dicho. Ahora más jueces podían escuchar a más personas. La cooperación le ayudaba a todos.

Versículo Para Memorizar
Vosotros sois el cuerpo de Cristo, y cada uno individualmente un miembro de él.

I Corintios 12:27

Dios Da Leyes A Su Pueblo

Historia Bíblica de Exodo 19:1-20:20.

El pueblo de Israel armó sus tiendas y se quedó cerca de una montaña muy grande, llamada el Monte del Sinaí.

Dios habló a Moisés en la cima de la montaña y le dio un mensaje para el pueblo de Israel. "Si este pueblo me obedece", dijo Dios, "los haré Mi pueblo especial. Siempre les ayudaré".

Moisés bajó de la montaña y le dijo a los israelitas las palabras de Dios.

"Obedeceremos a Dios", dijo el pueblo a Moisés. Moisés volvió a subir a la montaña para decirle a Dios que la gente estaba dispuesta a obedecerle.

Dios le dijo, "Dile a mi pueblo que se prepare. Muy pronto me conocerán". El pueblo se preparó para conocer a Dios tal como El les había dicho.

Entonces Dios bajó hasta la montaña. El pueblo escuchó sus truenos y vio sus relámpagos, sintieron mucho temor. También escucharon un sonido de trompeta muy duro y vieron una nube muy grande en la cima de la montaña.

Dios volvió a llamar a Moisés a la cima de la montaña. Le dio leyes para el pueblo. Dios dijo, "Yo soy tu Dios. Amame. Yo soy el único Dios Verdadero. Adórame sólo a Mí y no a las cosas. Usa correctamente mí nombre. Guarda mí día como algo muy especial. Honra a tus padres. No mates personas y ama a tu esposa o esposo.

No robes, ni tampoco digas mentiras. No desees lo que no te pertenece".

Después Moisés le dijo al pueblo que no tuviera miedo. "Dios quiere que ustedes obedezcan sus leyes. Ellas les ayudarán a amar a Dios y a las personas".

Versículo Para Memorizar
Si me amáis, guardaréis mis mandamientos.

Juan 14:15

Moisés Escribe La Palabra De Dios

Historia Bíblica de Deuteronomio 5:1- 7; 6:5-9; 28:1-14; 31:9- 32:47.

Moisés le dijo al pueblo, "Dios quiere que le obedezcamos. Dios escribió para nosotros diez mandamientos en dos tablas de piedra para que sepamos lo que quiere que hagamos". Moisés leyó las palabras de Dios al pueblo. "Háblenle a sus hijos sobre la palabra de Dios. Hablen de Su palabra dondequiera que vayan".

Entonces Dios le dijo a Moisés, "Escribe un canto para que el pueblo se acuerde de Mí".

Moisés escribió este canto: "Hablaré de Dios. El es un Dios maravilloso. Es un Dios bueno. Recuerden lo que ha hecho. Vino a ayudarnos y a cuidarnos. Dios vivirá para siempre. Alégrense, todos. Dios nos cuidará".

Moisés le dijo al pueblo, "Este canto les ayudará a recordar que deben obedecer la palabra de Dios".

Versículo Para Memorizar
En mi corazón he atesorado tu palabra, para no pecar contra ti.
Salmo 119:11

Confiando En Dios

Historia Bíblica de Números 13:1-14:35.

El pueblo de Israel estaba cerca de la ciudad de Canaán, la nueva tierra que Dios había prometido darles. Dios le dijo a Moisés que mandara a doce hombres para explorar la nueva tierra. Los hombres regresaron con muchas frutas y verduras. "Es una buena tierra con suficientes cosechas y frutos", dijeron ellos.

Sin embargo diez de los hombres tenían mucho miedo. Por eso dijeron, "La gente de Canaán es muy grande y fuerte. Parecen gigantes. No les podremos ganar si pelean contra nosotros".

Pero Josué y Caleb deseaban que el pueblo confiara en Dios. "No teman a esa gente grande. El Señor estará con nosotros. El nos ayudará a tomar posesión de la tierra nueva", dijeron ellos.

Dios le dijo a Moisés, "Puesto que Caleb y Josué confiaron en Mí, llegarán a vivir en la tierra nueva. Pero los demás israelitas adultos no llegarán a vivir allí, porque tienen mucho miedo. Solamente sus hijos irán a esta tierra".

Versículo Para Memorizar
El temor al hombre es un lazo, pero el que confía en el Señor estará seguro.

Proverbios 29:25

Cruzando El Río Jordán

Historia Bíblica de Josué 1:1-18; 3:1- 4:9.

Después que Moisés envejeció y murió, Josué llegó a ser el líder del pueblo de Dios. Cierto día Dios le dijo a Josué, "Es tiempo que dirijas mi pueblo a la tierra nueva. No tengas miedo. Estaré contigo".

Josué le dijo al pueblo, "Prepárense, cruzaremos el río Jordán y entraremos a la tierra nueva que Dios nos ha dado".

Dios también le dijo a Josué, "Primero haz que los sacerdotes lleven el arca del pacto a través del río, después el pueblo debe seguir el arca".

El arca era una caja muy especial que llevaba una vasija de maná y las dos tablas en los cuales Dios escribió sus diez mandamientos. Entonces Josué le dijo al pueblo, "Cruzaremos el río. Dios nos ayudará. El detendrá el agua cuando los sacerdotes entren en el río".

Cuando los sacerdotes, entraron al agua, con el arca, el río se dividió; tal como Josué dijo que sucedería. Dios había dividido las aguas. Ahora el pueblo tenía el camino seco para poder cruzar.

Versículo Para Memorizar
Porque el Señor tu Dios estará contigo dondequiera que vayas.
Josué 1:9b

Dios Gana La Batalla

Historia Bíblica de Josué 5:13-6:27.

Cuando Josué y el pueblo israelita llegaron a la tierra nueva de Canaán, se dieron cuenta que la mayoría de gente que vivía allí eran sus enemigos.

La gran ciudad de Jericó estaba cerca al río Jordán. Tenía muros bien altos alrededor. El rey de Jericó no estaba contento de ver llegar a los israelitas. "Pelearemos con ellos si se acercan demasiado", le dijo a sus soldados.

Josué sabía que Jericó era una ciudad enemiga. Dios le dijo, "Tendrán que pelear contra el pueblo de Jericó, pero no tengan miedo. Les ayudaré a ganar la batalla".
Dios le dio a Josué un plan especial para la batalla, y Josué le contó al pueblo.

Ellos tenían que marchar alrededor de los muros de Jericó sin hablar. Cuatro sacerdotes tenían que cargar el arca mientras que los otros sacerdotes tocaban las trompetas. El pueblo de Israel hizo lo que Dios había dicho.

El pueblo marchó alrededor de la ciudad por seis días. Cada día marchaban una vez. Después regresaban a su campamento. Esto fue exactamente lo que Dios les había mandado hacer.

Al séptimo día el pueblo volvió a marchar, pero esta vez dieron siete vueltas.

En la última vuelta los sacerdotes tocaron las bocinas. Luego el pueblo gritó y los muros de la ciudad se cayeron.

El pueblo entró a la ciudad y se la quitó a sus enemigos. Dios le mostró al pueblo cómo ganar la batalla y la ganaron porque hicieron lo que El les había dicho.

Versículo Para Memorizar
Yo te haré saber y te enseñaré el camino en que debes andar.
                                                                Salmo 32:8a

Agradeciendo A Dios

Historias Bíblica de Levítico 23:33- 44; Nehemías 8:13-18.

Después que Dios ayudó a su pueblo a salir de Egipto e ir a la tierra nueva, quería que ellos recordaran cuánto les había ayudado. Les dijo que tuvieran cada año un tiempo especial para recordar Su ayuda. Sería un tiempo de acción de gracias.

Durante este tiempo especial la gente no trabajaba sino que comía un gran banquete. Se quedaban en pequeñas casas hechas de ramas de los árboles.

Las casas les ayudaban a recordar la época que habían vivido en tiendas. El pueblo también leía la Palabra de Dios y le agradecía por su ayuda. Cantaban canciones sobre lo bueno que es Dios.

Dios le dijo al pueblo, "Este tiempo especial les ayudará a sus hijos a recordar lo bueno que he sido con el pueblo israelita".

Versículo Para Memorizar
Porque el Señor es bueno, para siempre es su misericordia.
                                                        Salmo 100:5a

El Rey Jabín Causa Problemas

Historia Bíblica de Jueces 4:1-3.

Después de muchas batallas, los israelitas se establecieron en Canaán. La tierra que Dios prometió darles. Había otras personas que también vivían en Canaán y a ellos no les gustaba compartir la tierra con los israelitas.

Jabín era un rey poderoso, tenía muchos soldados con espadas de hierro, lanzas y escudos. También tenía novecientos carruajes. Jabín no quería a los israelitas.

Los israelitas no tenían armas como las de Jabín. Eran labradores y pastores muy pacíficos.

Por veinte años los hombres de Jabín ocasionaron problemas a los israelitas. No era seguro para ellos labrar la tierra o viajar solos por los caminos.

Dios escuchó sus lamentos pidiendo ayuda y sintió compasión de ellos.

Versículo Para Memorizar
Mas yo, a ti pido auxilio, Señor, y mi oración llega ante ti por la mañana.

Salmo 88:13

Débora Va A La Guerra

Historia Bíblica de Jueces 4:4-16; 5:1-31.

Había una mujer sabia llamada Débora que era una juez israelita. Disfrutaba sentarse a la sombra de una palmera mientras hablaba con la gente que necesitaba su ayuda.

Cierto día Dios le pidió a Débora que trajera a un hombre llamado Barac. Cuando él llegó, Débora le dijo, "Dios quiere que llames a diez mil hombres israelitas para formar un gran ejército. Debes pelear contra el rey Jabín".

Barac tenía mucho temor de la armada de Jabín y comenzó a preguntarse cómo podrían diez mil pastores y labradores ganar la batalla contra los carruajes de Jabín.

Barac dijo, "El pueblo te conoce y confía en ti, Débora, no en mí. Si tú vas a la batalla conmigo, yo iré. Pero si no vas, yo no iré".

"Yo iré contigo", dijo Débora. "Pero cuando se haya ganado la guerra, la gloria no será para ti porque no confiaste en Dios. Dios dejará que una mujer gane la batalla".

Barac hizo lo que Débora le había dicho. Llamó a diez mil hombres para formar el ejército. No tenían carruajes para montar como los hombres de Jabín. Los israelitas marcharon a pie hacia la batalla. Y Débora fue con ellos.

Dios le dijo a Débora y a Barac que llevaran el ejército al Monte de Tabor. Cuando el ejército del rey Jabín escuchó hacia donde se dirigían, los siguieron.

Los dos ejércitos se encontraron cerca al río Cisón. Cuando empezaron a pelear, Dios envió una fuerte tormenta.

El río se desbordó y el piso se convirtió en fango pegajoso. Los carruajes del rey Jabín se atascaron. Su poderoso ejército se atemorizó y sus soldados trataron de huir. El general del ejército huyó hacia una tienda y una mujer llamada Jael lo mató.

El ejército israelita ganó la batalla. Débora y Barac elevaron un cántico de adoración a Dios por Su ayuda. Ahora el pueblo israelita estaría seguro por algún tiempo.

Versículo Para Memorizar
¡Oíd, reyes; prestad oído, príncipes! Yo al Señor cantaré.

Jueces 5:3a

Dios Ayuda A Gedeón

Historia Bíblica de Jueces 6-7.

Gedeón era un labrador. El trigo que había sembrado estaba casi listo para hacer pan. "Esconderé el trigo de mis enemigos", dijo Gedeón. En el pasado sus enemigos le habían quitado el trigo.

Entonces Gedeón y su gente oraron. Le pidieron ayuda a Dios. "Muéstranos qué hacer", dijeron ellos.

Un ángel se le apareció a Gedeón y le dijo, "Dios te ayudará a pelear contra el enemigo. El te mostrará qué hacer".

Gedeón tocó la trompeta y llamó a todos los hombres de su tierra. "Vengan a pelear contra nuestros enemigos, Dios nos mostrará qué hacer", les dijo él.

Muchos hombres vinieron a pelear. Pero Dios le dijo a Gedeón, "Hay muchos hombres. Manda a casa los que tienen miedo". Luego Dios volvió a decirle a Gedeón. "Todavía tienes muchos hombres".

"Dile a los hombres que beban agua del río. Cuenta los hombres que utilicen las manos para tomar agua. Usa sólo esos hombres para pelear".

Gedeón contó trescientos hombres. Envió los otros a casa.

Después Dios le dijo a Gedeón que peleara contra los enemigos de noche.

En vez de espada y lanzas, cada hombre fue a la batalla con una trompeta y una vasija de barro que tenía una antorcha ardiendo en su interior.

Mientras que los enemigos estaban durmiendo, los hombres tocaron las trompetas y también rompieron las vasijas. El ejército enemigo sintió miedo y huyó.

Gedeón y su gente estaban seguros. Otra vez Dios había contestado sus oraciones. Dios les había mostrado qué hacer.

Versículo Para Memorizar
Buscad, y hallaréis; llamad, y se os abrirá.

Mateo 7:7b

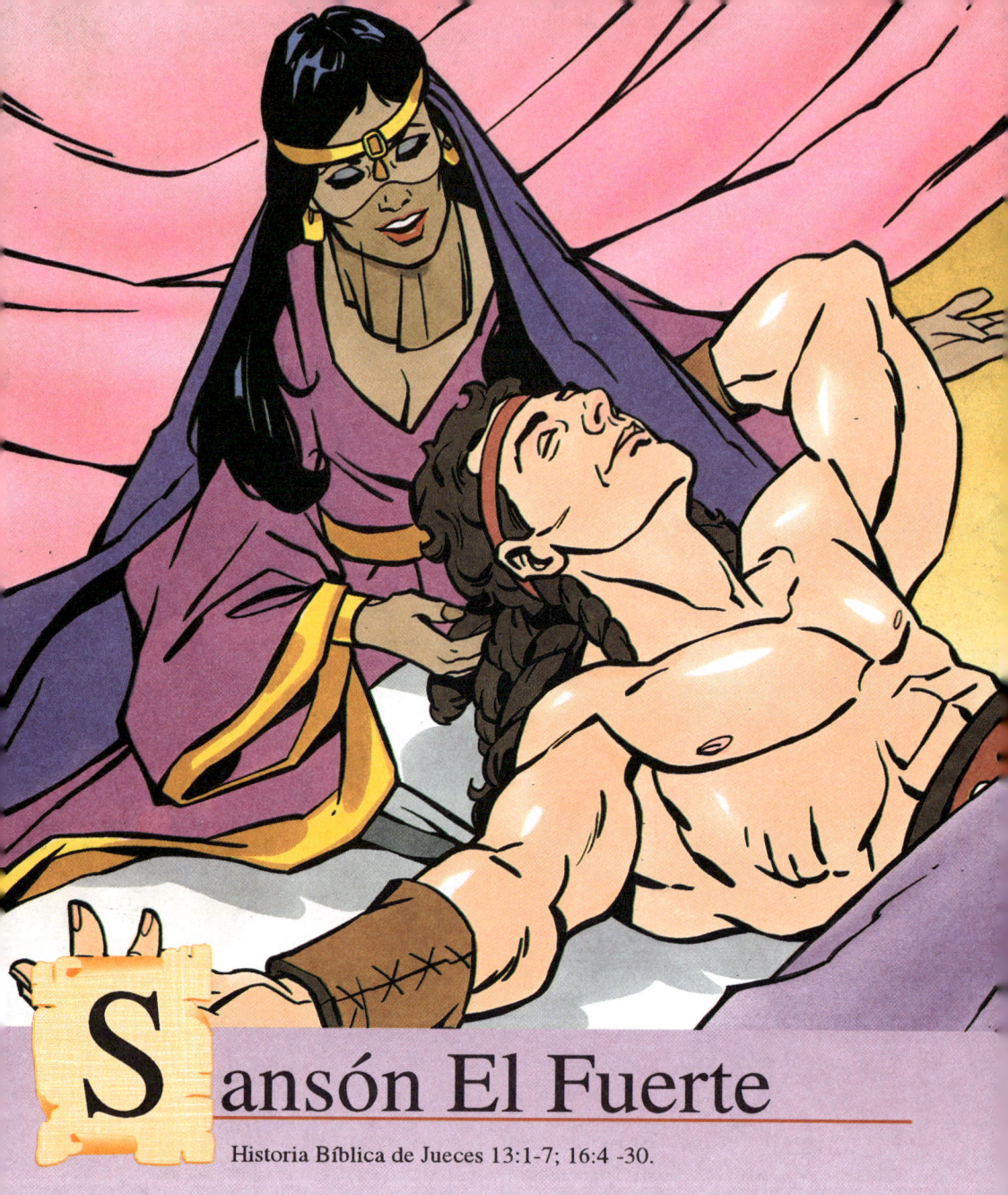

Sansón El Fuerte

Historia Bíblica de Jueces 13:1-7; 16:4 -30.

En los días en que los filisteos eran los enemigos de los israelitas, un ángel visitó a una mujer israelita. "Muy pronto vas a tener un hijo", le dijo el ángel. "Y si dejas que su cabello crezca, será muy fuerte. Dios le dará la labor de proteger a su pueblo".

Cuando nació el bebé, lo llamaron Sansón. Sus padres nunca le cortaron el cabello. Y así como prometió el ángel, Sansón creció y llegó a ser un hombre muy fuerte.

La novia de Sansón, Dalila, prometió ayudar a los filisteos a engañar a Sansón. "¿Cuál es el secreto de tu fuerza?", le preguntó Dalila cierto día.

Sansón se rio y no le contestó. Ella trató de amarrarlo con lazos y mimbres muy fuertes pero él los rompió facilmente. Luego, ella trenzó su cabello con una tela, pero él se desató tan fuerte como siempre.

Finalmente él le dijo, "Si mi cabello fuese cortado algún día, seré tan débil como cualquier otro hombre". Entonces Dalila le cortó el cabello cuando se durmió. Y tal como él lo había dicho, perdió su poderosa fuerza.

Mientras que Sansón dormía, Dalila llamó a los filisteos que estaban escondidos en su casa. Entonces ella gritó, "¡Sansón, los filisteos están aquí!".

Sansón trató de soltarse pero había perdido su poderosa fuerza. Los filisteos lo atraparon y le sacaron los ojos. Después le dieron a Dalila un poco de dinero y se llevaron a Sansón a la ciudad de ellos.

Luego lo pusieron en prisión y lo encadenaron a una piedra de moler. Pero no sabían que a medida que su cabello crecía, él se fortalecía nuevamente. Cierto día los filisteos tuvieron una fiesta muy grande.

Sacaron a Sansón afuera para mostrarlo a toda la gente. Todos se rieron de él, porque creían que estaba débil.

Pero cuando encadenaron a Sansón entre dos columnas, él las destruyó y el techo se derrumbó. Todos los que estaban en el edificio murieron. Sansón castigó a los filisteos por todo el mal que le habían causado tanto a él como a su pueblo.

Versículo Para Memorizar
¿Quién me defenderá de los que hacen iniquidad?

Salmo 94:16b

Rut Honra A Noemí

Historia Bíblica del Libro de Rut.

Rut y Noemí emprendieron un largo viaje. Ellas iban al lugar donde había nacido Noemí. Muchos años atrás Noemí se había ido de su casa con su esposo e hijos.

Ahora el esposo de Noemí estaba muerto y sus hijos también. Ella solamente tenía a Rut para que le ayudara. Rut había sido la esposa de uno de los hijos de Noemí.

Rut amaba a Noemí como a su propia madre.

Mientras que iban caminando, Noemí le dijo a Rut, "No necesitas dejar tu hogar para ir conmigo en este viaje".

Rut abrazó a Noemí y le dijo, "Yo me quiero quedar contigo y ayudarte. Tu familia será mi familia. Y tu Dios será mi Dios".

Noemí y Rut finalizaron su viaje. Los viejos amigos de Noemí estaban sorprendidos de verla. Estaban muy contentos de tener a Rut para cuidarla.

Rut y Noemí eran muy pobres para comprar comida. Rut fue a un campo de trigo. Recogía las espigas que sobraban y, junto con Noemí, hacían harina y luego pan.

Booz era propietario del campo de trigo. Le dijo a Rut, "Puedes tomar todo el grano que necesites porque eres muy buena con Noemí".

Un día, Noemí le dijo a Rut que le pidiera ayuda a Booz. Rut lo hizo. Booz quería ayudarlas porque amaba a Rut.

Rut también amaba a Booz. Rut y Booz se casaron. Además, le pidieron a Noemí que viviera con ellos para poder cuidarla. Después, tuvieron un bebé.

Los amigos de Noemí le dijeron, "Dios ha sido muy bueno contigo. Te ha dado una excelente familia".

Versículo Para Memorizar
Honra a tu padre y a tu madre.

Exodo 20:12a

Ana Agradece A Dios

Historia Bíblica de I Samuel 1:1-2:19.

Ana era una mujer que amaba a Dios. Pero estaba muy triste porque no tenía hijos.

Cierto día fue a la casa de Dios. Era una tienda muy grande llamada tabernáculo.

Ana le contó a Dios cuán triste estaba. Ella oró, "Querido Dios por favor dame un hijo. Si lo haces, lo criaré y le enseñaré a amarte y a ser tu siervo".

Ana siguió orando por mucho tiempo. Un sacerdote llamado Elí la vio y le dijo, "No estés triste. Dios contestará tu oración".

Ana ya no se sentía triste. Regresó a casa. ¡Muy pronto Dios le contestó su oración!. Le concedió un niño. Lo llamó Samuel. ¡Cuánto amaba Ana a su hijo!. Lo alimentó y le hizo ropa a su medida. Lo cuidó muy bien. Ana estaba muy agradecida con Dios por aceptar su oración.

Mientras Samuel crecía, Ana recordaba la promesa que le había hecho a Dios. Le enseñó a Samuel sobre la casa de Dios y le habló de Elí, el sacerdote. Además le enseñó a obedecer a Dios y a ser su siervo.

Entonces llegó el tiempo para que Samuel fuera un siervo en la casa de Dios. Ana llevó a Samuel al tabernáculo.

Ana le dijo a Elí, el sacerdote, "¿Recuerdas que oré por un hijo?. ¡Mira!, Dios me lo dio. Ahora mi hijo siempre será el siervo de Dios".

Después Ana le dio gracias a Dios por contestar sus oraciones.

Versículo Para Memorizar
No temas, oh tierra, regocíjate y alégrate, porque el Señor ha hecho grandes cosas.

Joel 2:21

Samuel Escucha

Historia Bíblica de I Samuel 3:1-19.

Samuel era un joven. Vivía en la casa de Dios y ayudaba a Elí, el sacerdote. Cierta noche mientras Samuel estaba en la cama, escuchó una voz que lo llamaba por su nombre. Samuel fue rápidamente a donde estaba Elí. "Aquí estoy. ¿Me llamaste?", dijo Samuel.

El viejo sacerdote le respondió, "Yo no te he llamado. Regresa a la cama, Samuel". Entonces Samuel regresó a la cama.

La voz lo volvió a llamar. "Debe ser Elí", pensó Samuel. Pero no, Elí no lo había llamado.

Cuando la voz lo llamó por tercera vez, Elí sabía que era Dios llamando a Samuel. "La próxima vez, dile a Dios que lo escucharás".

Samuel regresó a la cama. De nuevo Dios lo llamó. Samuel dijo, "Te estoy escuchando, Dios". Samuel escuchó todo lo que Dios le dijo. Y continuó escuchando y obedeciendo a Dios mientras crecía.

Versículo Para Memorizar
Escucharé lo que dirá Dios el Señor.

Salmo 85:8a

Dios Escoge A David

Historia Bíblica de I Samuel 16: 1-13.

Cuando Samuel creció, llegó a ser un profeta. El le contó al pueblo sobre los planes de Dios. También le contó al rey Saúl, pero el rey ya no obedecía a Dios.

Dios le dijo a Samuel, "He escogido un nuevo rey. Te mostraré quién será el nuevo rey. Ve a Belén y busca a un hombre llamado Isaí. He escogido uno de sus hijos". Entonces Samuel fue a Belén, exactamente como Dios le había dicho.

Uno por uno, Samuel vio a siete hijos de Isaí. Después le dijo, "El Señor no ha escogido a ninguno de estos. ¿Tienes más hijos?"

"Sí", respondió Isaí. "El menor, David, está cuidando las ovejas".

Cuando el joven David vino a ver a Samuel, Dios le dijo, "El será el rey". Entonces Samuel ungió a David con aceite.

Versículo Para Memorizar
"Porque yo sé los planes que tengo para vosotros", declara el Señor.

Jeremías 29:11a

David Toca Para El Rey Saúl

Historia Bíblica de I Samuel 16:8-23.

David era el menor de su familia. Era el pastor de las ovejas de su padre. Algunas veces David tocaba el arpa y cantaba.

Samuel era el profeta de Dios. Cierto día llegó al pueblo donde vivía David. Había venido para escoger a alguien que sirviera a Dios de una forma muy especial.

Samuel vio a los hermanos de David. El profeta le dijo al padre de David, "Dios ha escogido uno de tus hijos para ser el rey. Pero no veo al que ha escogido. ¿Son estos todos los hijos que tienes?".

El padre dijo, "Hay uno más. Es David, el menor. Está cuidando las ovejas".

Samuel dijo, "Pídele que venga".

Cuando David llegó, Dios le habló a Samuel y le dijo, "He escogido a David".

Samuel derramó aceite sobre la cabeza de David. Entonces David supo que Dios lo había escogido para hacer algo especial.

Más tarde el rey Saúl se sintió triste y afligido. ¿Qué podría ayudarle a sentirse mejor?.

Alguien le dijo, "David te puede ayudar, el toca muy bien el arpa. Su música te hará sentir mejor. Además el Señor está con él. Deberías pedirle que viniera".

Entonces el rey Saúl le pidió a David que viniera. Dios le mostró a David cómo ayudar al rey. Cada vez que el rey Saúl se sentía triste y afligido, David tocaba su arpa.

Cuando el rey Saúl escuchaba su alegre música, inmediatamente se sentía mejor.

Versículo Para Memorizar
No permitas que nadie menosprecie tu juventud; antes se ejemplo.

I Timoteo 4:12

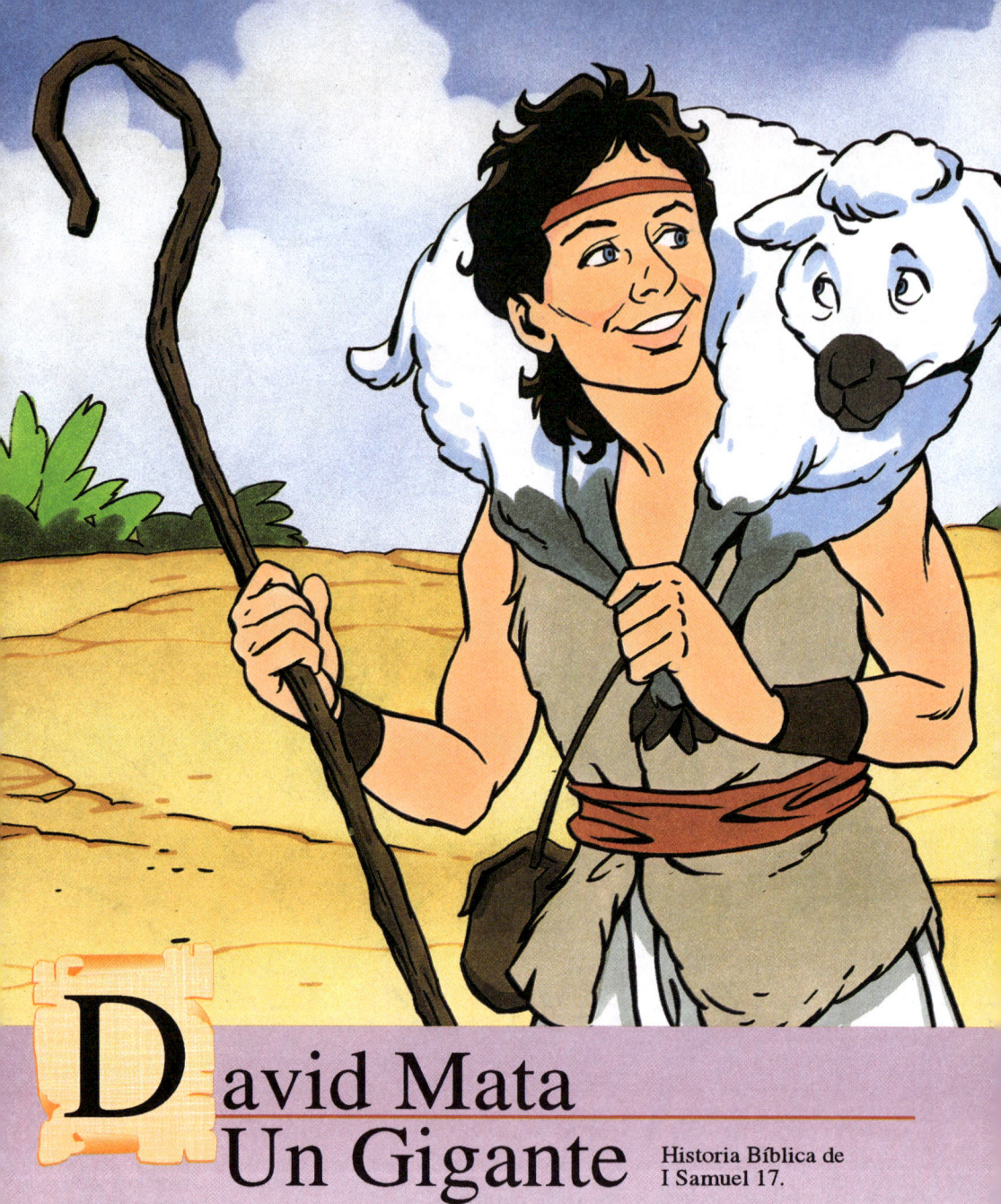

David Mata Un Gigante

Historia Bíblica de I Samuel 17.

Los hermanos mayores de David eran soldados del ejército del pueblo de Dios. Ellos fueron a pelear contra un ejército enemigo. David cuidaba las ovejas de su padre. Las cuidaba de leones y osos.

Cierto día el padre de David le dijo, "Lleva algo de comida a tus hermanos".

Cuando David encontró a sus hermanos, no estaban peleando contra el ejército. ¡Todos los soldados tenían mucho miedo!.

"¿Qué pasa?", preguntó David.
"Vas a ver", le dijeron sus hermanos.

Inmediatamente salió un soldado enemigo. Era un gigante llamado Goliat. "¡Yo quiero un hombre que pelee contra mí!", le gritó al ejército del pueblo de Dios. Pero ninguno de los soldados se movió.

David le dijo a los soldados, "No deberíamos tener miedo de este gigante. Dios está con nosotros. El nos ayudará".

El rey Saúl escuchó hablar sobre aquel valiente joven. Y lo mandó llamar. "Tan sólo eres un joven", dijo el rey Saúl.

"Yo pelearé contra el gigante", dijo David. "Dios me ayudó a matar a un león y a un oso. Sé que también me puede ayudar a matar a este gigante".

David recogió cinco piedras para su honda. Después fue a encontrarse con Goliat. El gigante tenía una espada y una lanza.

Goliat se rió cuando vio a David. "¡Tan sólo eres un joven!", dijo Goliat.

David le contestó, "Tú eres valiente por tu espada y tu lanza, pero yo soy valiente porque confío en Dios".

David puso una piedra en su honda. Tiró de su honda y la soltó. La piedra salió de la honda y golpeó al gigante en la cabeza. Goliat cayó muerto.

Después los soldados persiguieron al ejército enemigo. David les había mostrado cómo ser valientes. David confió en que Dios le ayudaría.

Versículo Para Memorizar
El Señor es el que me ayuda. No temeré.

Hebreos 13:6b

Jonatán Ayuda A Su Amigo David

Historia Bíblica de I Samuel 18:1-16; 19:1-7.

Después que David mató a Goliat, el rey Saúl le pidió que viviera en su palacio. David tocaba el arpa y cantaba para Saúl. La música le ayudaba a sentirse mejor.

El rey tenía un hijo llamado Jonatán. El y David se hicieron muy buenos amigos. Ellos salían a caminar y a cazar juntos. Jonatán le dio a David su abrigo como regalo. "Siempre seremos amigos", dijeron ellos.

Después David le ayudó al rey Saúl peleando en una guerra. David era un buen soldado. Colaboró para que el ejército del rey Saúl ganara.

El pueblo amaba a David. Cantaban canciones dedicadas a él en las calles. "El rey ha ganado muchas guerras", decían ellos. "¡Pero David ha ganado muchas más!".

El rey se enojó cuando escuchó esta canción y dijo, "Mi pueblo quiere más a David que a mí". El sentía mucho rencor hacia David.

Cierto día, David estaba tocando el arpa para el rey. El rey Saúl le tiró una lanza para herirlo. David sintió mucho miedo y huyó. Jonatán escuchó lo que su padre le había hecho a su amigo. "Necesito ayudar a mi amigo", pensó. Jonatán fue a hablar con David. "David, escóndete en un lugar seguro", le dijo. "Yo le hablaré a mi padre sobre ti".

Entonces Jonatán fue a donde estaba su padre, el rey. "David ha hecho muchas cosas buenas", dijo Jonatán. "El no ha tratado de herirte, padre. Así que no deberías tratar de herirlo. Obrar así no es correcto".

El rey Saúl escuchó a su hijo, Jonatán y le prometió que no le volvería a hacer daño a David.

Jonatán fue al lugar donde estaba escondido David. "David, ya puedes regresar", le dijo. Entonces David volvió a ser el siervo del rey. Jonatán estaba muy feliz de haber podido ayudar a su amigo David.

Versículo Para Memorizar
En todo tiempo ama el amigo.

Proverbios 17:17a

David Y El Rey Dormido

Historia Bíblica de I Samuel 26.

El rey Saúl no cumplió con su promesa a David. Quería matarlo. David trató de esconderse con sus hombres. Se mudaba de pueblo en pueblo. Se escondía en cuevas y bosques. Pero nunca estaba a salvo del rey por mucho tiempo.

Cierto día alguien le contó al rey Saúl dónde estaba David. El rey y su ejército fueron tras David. Al final subieron una montaña cerca de donde estaba el escondite de David.

Todos los soldados estaban cansados. "Descansaremos aquí esta noche y buscaremos a David en la mañana", les dijo el rey Saúl. Los soldados del rey instalaron un campamento. Saúl se acostó a descansar. Su lanza y su vasija estaban a su lado. Un hombre llamado Abner se acostó al lado del rey para protegerlo. Al rato todos se durmieron.

Era de noche, muy tarde. David y uno de sus hombres llegaron al campamento y vieron a los hombres del rey que dormían profundamente. "Acerquémonos al rey", dijo David. Entonces ellos caminaron hacia donde estaba el rey Saúl durmiendo.

"Mataré al rey", dijo uno de los amigos de David. "Y así ya no te molestará nunca más".

"¡No!", le dijo David. "Saúl es el rey. No debemos herir al líder que Dios ha escogido. Dios lo castigará por todo lo malo que ha hecho".

David y sus amigos tomaron la lanza y la vasija de agua del rey. Luego fueron a un monte cerca y David gritó, "¡Abner despiértate!. No has cuidado bien a tu rey. Alguien lo hubiera podido herir".

El rey Saúl se despertó y vio que su lanza y su vasija de agua habían desaparecido.

Saúl sabía que David podía haberlo matado. "Lamento mucho haberte perseguido, David", gritó Saúl.

David le dijo, "Yo hubiera podido matarte esta noche, pero jamás heriría al rey que Dios ha escogido. Ahora, ¡Qué el Señor también me guarde a salvo !".

Saúl respondió, "Qué Dios te bendiga. Harás grandes cosas". Entonces David y sus hombres se fueron. Y el rey Saúl se fue a casa.

Versículo Para Memorizar
Obedeced a vuestros pastores y sujetaos a ellos.
Hebreos 13:17a

David pide Ayuda

Historia Bíblica de I Samuel 30:1-20.

David y sus hombres regresaron de la guerra pero encontraron una terrible sorpresa. ¡Los enemigos habían quemado la ciudad! ¡Les habían robado sus ovejas y sus vacas! ¡También se habían llevado las familias!.

David y sus hombres lloraron y lloraron. Lloraron hasta que no tenían más lágrimas. Entonces los hombres se enojaron tanto con David que querían apedrearlo. El no sabía qué hacer.

David le dijo a Dios que estaba en problemas. "¿Debo perseguir al enemigo?", le preguntó. Dios le dijo que sí.

Entonces David y sus hombres fueron tras sus enemigos. Encontraron un hombre que era soldado del ejército enemigo. Le dieron comida y él los llevó al campamento del enemigo.

El ejército de David atacó y pudo recobrar sus familias y sus animales. Dios contestó la petición de ayuda que David hizo.

Versículo Para Memorizar
Echando toda vuestra ansiedad sobre El, porque El tiene cuidado de vosotros.

I Pedro 5:7

El Nuevo Rey

Historia Bíblica de I Samuel 31; II Samuel 2:1-7, 11; 5:1-2; Salmo 18:48-50.

Cuando David era niño y cuidaba ovejas, Dios le dijo que algún día sería el rey. Pero los años pasaban y Saúl todavía seguía siendo el rey. Aún así David seguía confiando y obedeciendo a Dios.

Cierto día el rey Saúl fue asesinado en una batalla. El y su hijo Jonatán murieron. David estaba muy triste por las noticias del rey Saúl. El lloró por su amigo Jonatán.

El pueblo de Dios se había quedado sin rey, entonces la gente acudió a David.

Le pidieron que fuera el nuevo rey. David sabía que la promesa de Dios se había cumplido.

David fue rey por muchos años. Honró a Dios y obedeció Sus leyes. Escribió cantos para alabar al Señor. Estas canciones se llaman Salmos. Cuando todo el pueblo se reunía, los cantaban. "Te alabamos Señor, por cuidarnos. Siempre confiaremos en ti y te obedeceremos".

Versículo Para Memorizar
Enséñame, oh Señor, tu camino, andaré en tu verdad.

Salmo 86:11a

El Salmo De David

Historia Bíblica de Salmo 145: 1-12.

El rey David escribió cantos. Estos cantos fueron llamados salmos. Este es uno de los cantos del rey David:

"Declararé a todos cuán grande eres, mi Dios y Rey. Cada día te agradeceré. Te alabaré por siempre. Eres digno de ser alabado. Eres más grande que todos.

El pueblo contará a sus hijos y a los hijos de sus hijos las poderosas cosas que haces. Declararé a todos cuán grande Eres. Proclamarán Tu bondad.

Eres amoroso y misericordioso. Lento para airarte. Eres bueno con todos. Todos te agradecerán. Conocerán cuán grande eres y cuán maravilloso es tu reino".

Versículo Para Memorizar
Grande es el Señor, y digno de ser alabado en gran manera.
                                                              Salmo 145:3a

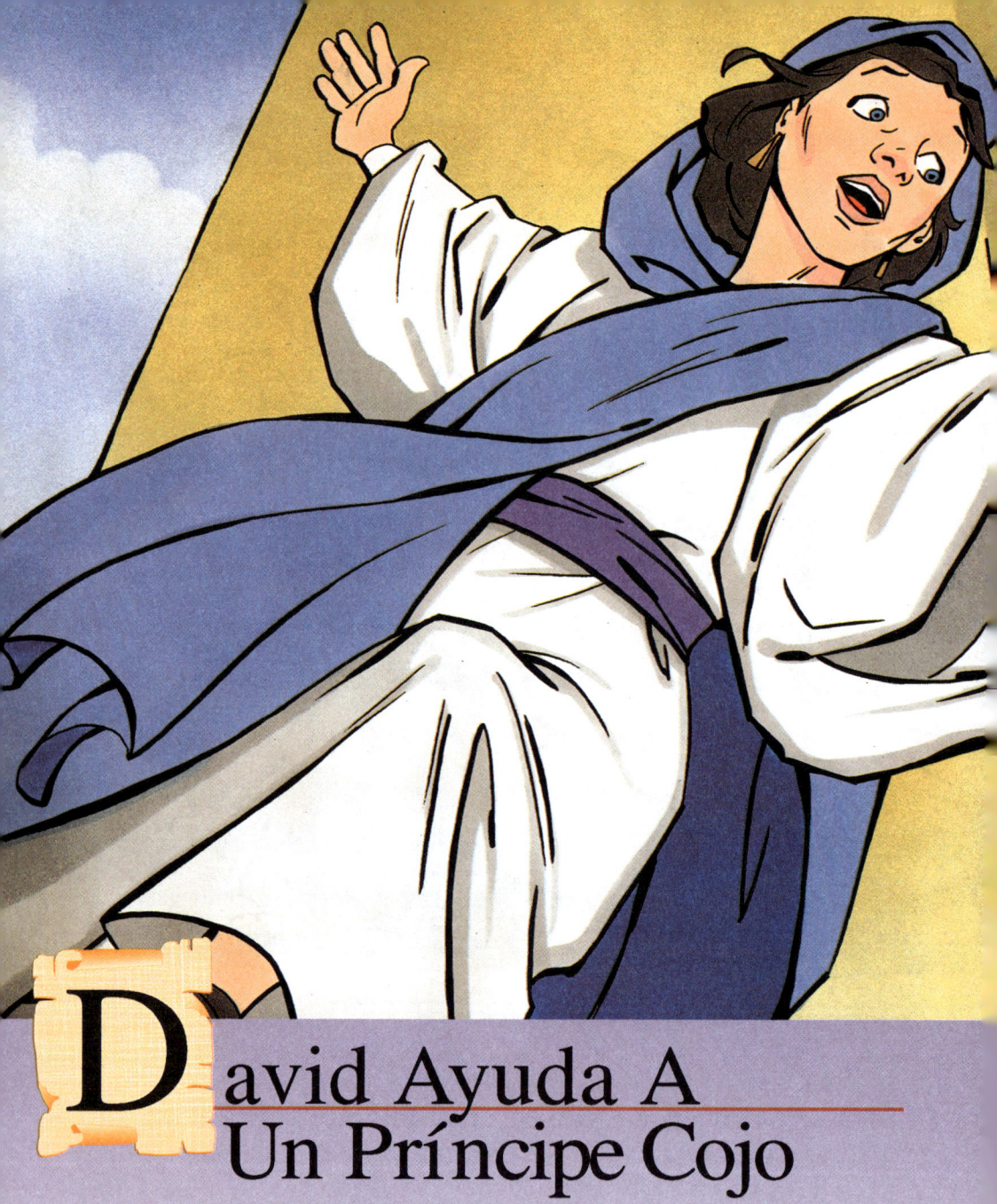

David Ayuda A Un Príncipe Cojo

Historia Bíblica de II Samuel 4:4; 9.

Jonatán tenía un hijo llamado Mefi-boset. Cuando Mefi-boset tenía cinco años vivía en el palacio con el rey Saúl.

El rey Saúl y el príncipe Jonatán murieron en una batalla. Entonces todos los que vivían en el palacio tenían mucho miedo. Por eso la enfermera del niño le dijo, "Debemos huír y escondernos. Si no lo hacemos, los soldados enemigos te pueden herir".

Mefi-boset y su enfermera salieron corriendo de la casa. La enfermera alzó al niño para poder correr más rápido. Pero él se cayó y se lastimó las piernas.

Los soldados nunca encontraron a Mefi-boset. El estaba seguro, pero sus piernas nunca se mejoraron. Quedó cojo, y así creció. Le era muy difícil caminar.

Cuando David llegó a ser rey, pensó en su amigo Jonatán. "¿Hay alguien vivo de la familia de Jonatán?", preguntó él. Un siervo le contó sobre Mefi-boset. David mandó a sus siervos a buscar al hijo de Jonatán.

Mefi-boset ya era un adulto, pero tenía mucho temor de ver a David. El todavía pensaba que alguien podría querer lastimarlo.

Pero David estaba muy feliz de ver al hijo de su mejor amigo Jonatán. "No tengas miedo", le dijo David. "Tu padre era mi amigo. Le prometí que siempre le ayudaría, pero ahora está muerto. Por lo tanto quiero ayudarte. Quiero que vivas cerca a mi palacio y comas en mi mesa".

Mefi-boset trajo a su familia a vivir cerca del palacio de David. El era como uno de los hijos del rey. David cumplió su promesa con Jonatán siendo muy bueno con su hijo. Le dijo a Mefi-boset, "Siempre cuidaré tu familia".

Versículo Para Memorizar
Contribuyendo para las necesidades de los santos, practicando la hospitalidad.

Romanos 12:13

Tiempo De Adoración

Historia Bíblica de I Crónicas 29:10-21.

El rey David y el pueblo de Dios se reunieron para alabar al Señor. Habían dado muchas ofrendas para construir un templo para Dios. Querían adorarlo antes de comenzar a trabajar en el templo. Dios había escogido al hijo de David, Salomón, para encargarse de construir el templo.

Primero el rey David oró, "Te adoramos Señor. Eres maravilloso y poderoso. Todo lo que tenemos proviene de ti. Te agradecemos y adoramos Tu nombre".

"Estamos felices de entregarte estas ofrendas. Ayuda a mi hijo, Salomón, a obedecerte. Ayúdalo a construir Tu templo".

Después el rey David le dijo al pueblo de Dios, "Alaben al Señor".

Entonces el pueblo se arrodilló. Todos juntos adoraron a Dios.

Versículo Para Memorizar
Venid, adoremos y postrémonos, doblemos la rodilla ante el Señor nuestro Hacedor.

Salmo 95:6

La Petición De Salomón

Historia Bíblica de I Reyes 1:32-40; 2:12; 3:3-15.

El rey David ya era muy viejo. Se necesitaba un nuevo rey para el pueblo de Dios. Entonces Salomón, su hijo, fue ungido como rey.

Pero Salomón estaba muy preocupado. ¿Sería capaz de gobernar bien?. El sabía que necesitaba la ayuda de Dios.

Dios le habló a Salomón en un sueño: "Pídeme cualquier cosa que quieras".

Salomón ya sabía lo que quería. "Señor, por favor dame sabiduría para ser un buen rey".

Dios estaba complacido con Salomón. "Hubieras podido pedir riquezas. Hubieras podido pedir larga vida. Pero pediste algo mejor. Te daré sabiduría. También te haré rico. Y si me obedeces, tendrás larga vida".

Versículo Para Memorizar
Pero si alguno de vosotros se ve falto de sabiduría, que la pida a Dios, el cual da a todos abundantemente y sin reproche.

Santiago 1:5a

El Templo De Salomón Para Dios

Historia Bíblica de I Reyes 4:29-7:51.

Salomón había llegado a ser el rey de pueblo de Dios. Dios le dio mucha sabiduría para ser un gran rey. También le dio trabajos importantes. Debía construir un hermoso templo donde toda la gente vendría a alabar a Dios.

El sabio rey Salomón trabajó muy duro para planear cómo se debería construir el templo. Quería que el templo de Dios fuera el más hermoso en todo la tierra.

Primero, Salomón le escribió al rey de otra tierra, "Tus árboles tienen la madera más fina. Me gustaría comprarla para el templo". El otro rey estaba feliz de ayudar a Salomón.

Salomón envió buenos trabajadores para que cortaran la madera. Eran muy cuidadosos de hacer el trabajo con exactitud. ¡Cataplum! Caían los grandes árboles al piso.

Otros trabajadores cortaban la madera en tablas para las paredes del templo. También eran muy cuidadosos con el trabajo. ¡Zziiiizzz! ¡Zziiizzz! sonaba la sierra mientras que cortaban la madera. Salomón necesitaba muchos más trabajadores que fueran eficientes.

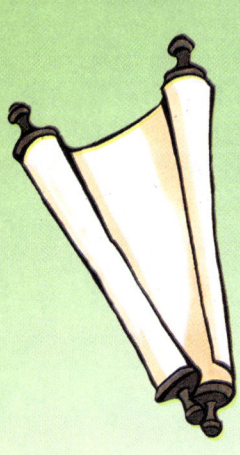

Se usaron inmensas piedras para hacer el piso. Fueron llevadas al templo y puestas en su sitio. Otros trabajadores hicieron columnas bien altas para la entrada principal. Aún más trabajadores hicieron bases de oro para las lámparas. Todos eran muy cuidadosos de hacer el trabajo con exactitud.

Dios ayudó a todos los trabajadores para que hicieran el mejor trabajo para construir Su hermoso templo.

Por fin el templo fue terminado. El pueblo le agradeció a Dios por Su ayuda. Dios le había dado a los obreros mucha sabiduría para que hicieran un buen trabajo.

Era muy bueno trabajar para el Señor. Ahora tenían un hermoso lugar para adorar a Dios.

Versículo Para Memorizar
Por tanto, tened cuidado cómo andáis, no como insensatos, sino como sabios.

Efesios 5:15

Día De Gratitud

Historia Bíblica de II Crónicas 5-7; I Reyes 8:54-61.

¡Por fin el templo fue construído!. Salomón celebró un día especial de acción de gracias. ¡Clan!, sonaban los platillos. ¡Tra-la-la!, el coro cantaba felizmente. ¡Tu-tu-ru-tu!, sonaban las trompetas. ¡Qué grandioso era alabar a Dios en el hermoso templo!.

Una nube espesa llenó el templo. Así era la forma en que Dios mostraba que estaba allí.

Salomón le dijo a todo el pueblo, "¡No hay otro Dios como el nuestro!".

El pueblo de Dios estaba muy feliz y en paz. Salomón se hizo muy famoso en toda la tierra.

Pero las esposas de Salomón eran de diferentes pueblos. Ellas no adoraban al único y verdadero Dios. Algunas de ellas adoraban a diferentes ídolos.

"Por favor rey Salomón", decían ellas, "Constrúyenos un palacio para que también adoremos a nuestros ídolos".

Salomón sabía que adorar otros ídolos no era obedecer los mandamientos de Dios.

Dios había dicho que la gente debería adorarlo solamente a El. Pero de todos modos Salomón edificó un lugar para adorar ídolos. Pronto hizo muchas otras cosas que no eran sabias. Para complacer a sus esposas, comenzó a adorar a los ídolos. Dios estaba muy enojado.

Dios le dijo, "Salomón, por tu desobediencia, cuando mueras, le quitaré una parte de tu reino a tu hijo".

Después de la muerte de Salomón, su hijo y otro hombre trataron de ser reyes del pueblo de Dios. Hubo muchas guerras y batallas. El país se dividió en dos países. Cada país tenía su propio rey.

El pueblo de Dios estaba muy molesto porque Salomón no usó bien la sabiduría que Dios le había dado. Salomón desobedeció a Dios.

Versículo Para Memorizar
Así pues, no seáis necios, sino entended cuál es la voluntad del Señor.

Efesios 5:17

Dios Guía a Elías

Historia Bíblica de I Reyes 16:29-17:6.

Acab era un rey que no obedecía, ni adoraba a Dios. El adoraba a un ídolo llamado Baal.

Elías era un hombre que amaba a Dios. Dios le hizo profeta y le dió un mensaje para el rey Acab.

Elías le dijo a Acab, "Has hecho muchas cosas perversas; por lo tanto Dios hará que no llueva sobre tu reino hasta que yo diga".

El rey Acab estaba muy enojado y quería lastimar a Elías. Pero Dios lo cuidó y le dijo que se escondiera cerca de un arroyo. Aunque no llovía, Elías tenía agua para tomar. Dios enviaba aves con comida para él. Elías obedeció a Dios y estuvo a salvo

Versículo Para Memorizar
Cree en el Señor Jesús, y serás salvo, tú y toda tu casa.
Hechos 16:31

Un Maravilloso Regalo

Historia Bíblica de I Reyes 17:7-16.

No había llovido por mucho tiempo. Había hambre en la tierra. Elías todavía estaba escondido cerca del arroyo, pero éste se secó. Dios le dijo a Elías que fuera a una ciudad lejana; "Allá una viuda te ayudará".

Elías vio la viuda recogiendo unos palitos y le dijo, "Por favor tráeme un poco de agua y un pedazo de pan".

La viuda le contestó, "No tengo pan. Solamente tengo harina

y aceite. Cuando se terminen, mi hijo y yo moriremos".

Elías le dijo, "No temas. Prepara un poco de pan para nosotros. Dios no dejará que se te acabe la harina ni el aceite".

La viuda hizo lo que Elías dijo. Elías, la viuda y su hijo tuvieron comida todos los días. Dios los cuidó durante el tiempo de hambre.

Versículo Para Memorizar
Toda buena dádiva y todo don perfecto viene de lo alto, desciende del Padre de las luces.

Santiago 1:17a

Dios Contesta La Oración De Elías

Historia Bíblica de I Reyes 17:17-24.

Elías estaba viviendo con la viuda y su hijo. Cierto día el niño de la viuda se enfermó gravemente y murió. Ella estaba muy triste y le preguntó a Elías, "¿Por qué permitió Dios que mi hijo muriera?".

Elías le respondió, "Dame a tu hijo". Después subió al niño por las escaleras y lo puso en la cama.

Entonces Elías comenzó a orar, "Señor, por favor haz que este niño viva de nuevo". El sabía que Dios le escucharía.

Dios escuchó su oración, e hizo que el niño volviera a vivir. Elías se lo entregó a su madre. La viuda le dijo, "Ahora sé que eres un hombre de Dios. ¡Dios ha escuchado tu oración!".

Versículo Para Memorizar
Clama a mí, y yo te responderé.

Jeremías 33:3a

Fuego En El Monte Carmelo
Historia Bíblica de I Reyes 18:16-39.

Después de tres años sin lluvia, Dios envió a Elías donde estaba el rey Acab. Elías le dijo, "Has pecado adorando a tus ídolos en lugar de adorar a Dios. Dile a todo el pueblo y a los profetas de Baal que me encuentren en el Monte Carmelo".

Cuando todos estaban en el Monte Carmelo, Elías dijo, "¿Por cuánto tiempo van a estar adorando a Baal en vez de adorar al verdadero Dios?. ¡Hoy sabrán quién es el verdadero Dios!. Entonces sabrán que sólo lo deben seguir a El".

Elías le dijo a todos los falsos profetas que construyeran un altar y pusieran una ofrenda sobre él. También les dijo que él construiría otro altar y pondría su ofrenda sobre él.

Luego dijo, "Clamen a su ídolo. Yo clamaré al Señor. Aquél que responda enviando fuego para consumir la ofrenda, ése es el verdadero Dios".

Los falsos profetas hicieron lo que Elías dijo. Clamaron al ídolo Baal toda la mañana, pero ningún fuego consumió la ofrenda.

Elías les dijo, "¡Griten más fuerte. De pronto Baal no les puede oír!". Ellos clamaron a Baal casi hasta el anochecer, pero Baal no les contestó. Ningún fuego descendió.

Elías le dijo al pueblo, "Vengan conmigo". Entonces Elías derramó agua sobre el altar que había hecho. Luego clamó a Dios, diciendo, "Oh Señor respóndeme para que este pueblo sepa que Tú eres el verdadero Dios".

Dios le respondió a Elías. El fuego descendió y quemó la ofrenda. Quemó el altar e incluso quemó el agua.

Cuando el pueblo vio esto, supieron que habían estado equivocados. Se sintieron apenados de haber adorado ídolos como Baal. Luego se postraron y dijeron, "El Señor es Dios, El Señor es Dios".

Versículo Para Memorizar
Por cuanto todos pecaron y no alcanzan la gloria de Dios.

Romanos 3:23

Dios Consuela A Elías
Historia Bíblica de I Reyes 19:1-18.

En el monte Carmelo Dios le mostró a Acab y al pueblo que El era el verdadero Dios. Luego Dios envió la lluvia tal como lo había prometido. Pero la malvada reina Jezabel estaba molesta. Quería matar a Elías.

Elías tenía miedo. Huyó al desierto y se sentó bajo un árbol. Estaba tan cansado de correr que pronto se quedó dormido.

Pero Dios cuidó a Elías. Un ángel vino y lo despertó. El ángel le trajo comida y agua. Después que comió, subió a una montaña y se escondió en una cueva.

Elías se sintió solo y atemorizado. Pensó que era el único que había quedado que creía en Dios. Dios quería ayudarlo a sentirse mejor.

Dios le dijo, "Sal de allí y párate en la montaña".

Cuando Elías se paró en la montaña, Dios mandó un viento fuerte. El viento rompió las rocas en pedazos. Después Dios mandó un terremoto. El suelo se movía y se movía. Y después vino un fuego que crujía y quemaba.

Elías estuvo en medio del viento, del terremoto y del fuego. Pero a Elías no le pasó nada. Dios lo cuidó.

Después Elías escuchó un susurro. ¡Era Dios!. Dios estaba hablando con Elías en un susurro.

Dios le dijo a Elías qué hacer, le dijo que un hombre llamado Eliseo sería su nuevo siervo. Dios le dijo a Elías que nunca más tendría que estar solo.

Elías escuchó la voz de Dios. Sabía que Dios siempre lo cuidaría. Ya no se sentía solo ni atemorizado. Bajó de la montaña para buscar a su nuevo siervo, Eliseo.

Versículo Para Memorizar
Venid a mí, todos los que estáis muy cansados y cargados, y yo os haré descansar.

Mateo 11:28

El Rey Acab Quiere Una Viña

Historia Bíblica de I Reyes 21:1-19; Exodo 20:13,15,17.

El rey Acab tenía todo lo que necesitaba, pero era muy egoísta. Quería más y no le gustaba que le dijeran no.

El rey Acab vió una hermosa viña. La viña era de Nabot. Acab deseaba la viña de Nabot.

"Tu viña está cerca a mi casa", le dijo el rey Acab a Nabot. "Me gustaría tenerla. Te la compraré; o si quieres te doy otra".

Pero Nabot le dijo, "No gracias, no puedo dejar que tú la tengas, Dios no estaría contento. Le pertenece a mi familia. Nos ha pertenecido por mucho tiempo. Es una buena tierra y crecen uvas muy finas. No queremos otra tierra, ni tu dinero".

El rey estaba muy enojado. Fue a casa y no comió. Solamente estaba acostado en su cama. Jezabel era la esposa de Acab. Ella entró y preguntó, "¿Por qué estás enojado? y ¿Por qué no comes?".

"Nabot no quiere venderme su viña", Acab le contestó. "¡Yo quiero esa viña!".

Jezabel mandó una carta a unos hombres: "Quiero que mientan sobre Nabot para que lo maten". Los hombres hicieron lo que Jezabel les mandó.

Entonces Jezabel le dijo a Acab, "Nabot está muerto. Ahora la viña es tuya".

Dios envió al profeta Elías donde Acab. Y le dijo, "Los mandamientos de Dios dicen que no debes matar y no debes robar. No obedeciste los mandamientos de Dios. El te va a castigar".

Versículo Para Memorizar
No hurtarás.

Exodo 20:15

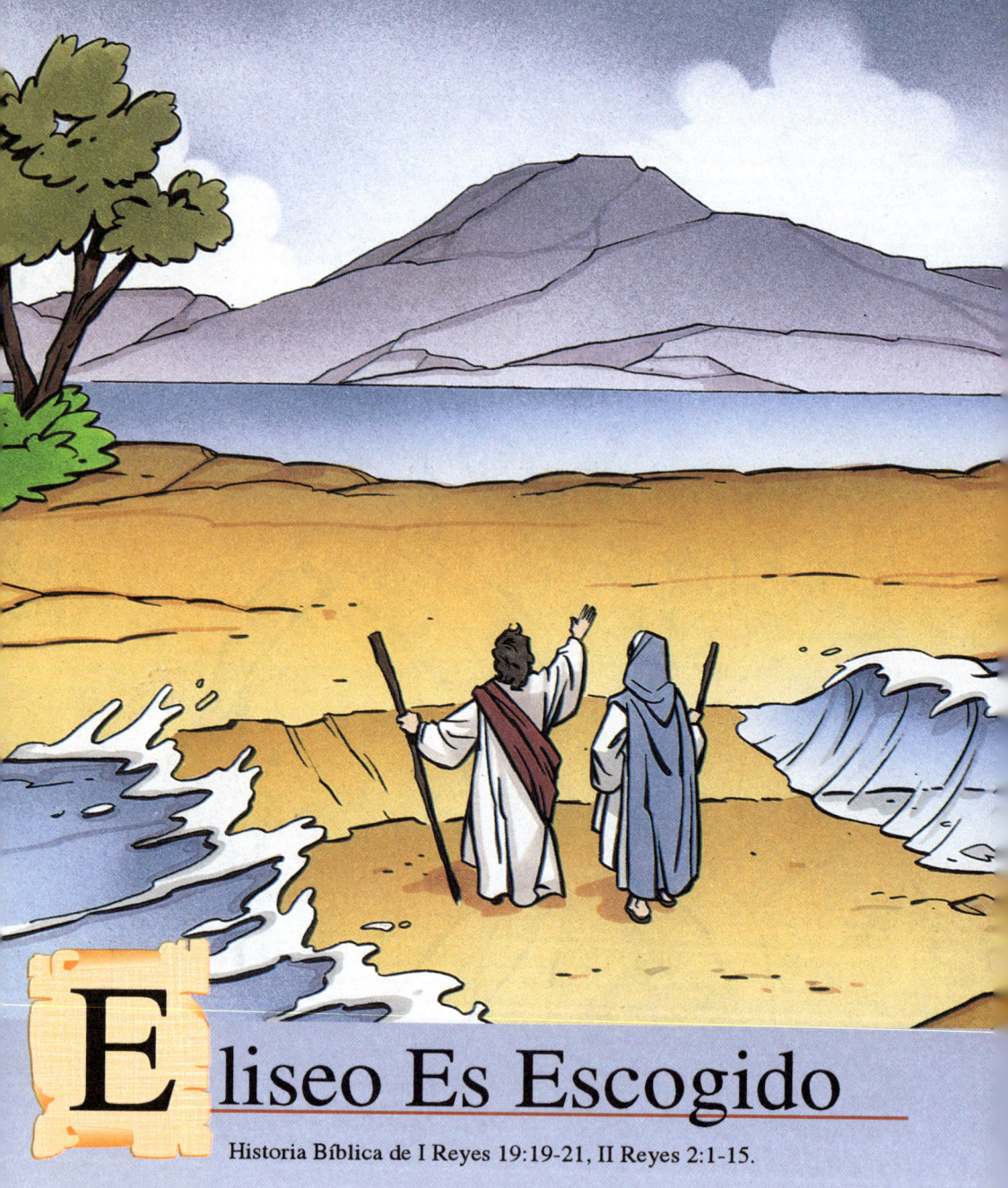

Eliseo Es Escogido

Historia Bíblica de I Reyes 19:19-21, II Reyes 2:1-15.

Elías era un profeta de Dios. Hizo todo lo que Dios le había mandado hacer, pero se estaba volviendo viejo. Dios le dijo, "Elías, quiero que vengas y vivas conmigo. Encuentra a un hombre llamado Eliseo. Lo he escogido para que sea mi nuevo profeta".

Elías encontró a Eliseo trabajando en el campo. Estaba arando con unos bueyes. Elías puso su capa sobre los hombros de Eliseo. Eliseo sabía que eso significaba que había sido escogido para ser el siervo de Elías.

Eliseo le dijo. "Iré contigo. Pero primero debo decirle adiós a mi familia". Después siguió a Elías, lo observó y aprendió a ser un buen profeta.

Cierto día Elías le dijo, "Dios me dijo que debo ir a otra ciudad. Tú, quédate aquí".

Pero Eliseo quería estar con Elías. Eliseo le dijo, "No te dejaré. Iré dondequiera que tú vayas".

Elías y Eliseo llegaron a un río. Necesitaban pasar al otro lado.

Elías tocó con su capa el agua del río. El agua se dividió a la derecha y a la izquierda. ¡Después los dos cruzaron sobre tierra seca!.

Elías sabía que muy pronto estaría con Dios, entonces le preguntó a Eliseo, "¿Qué puedo hacer por ti antes de irme?".

Eliseo le dijo, "Quiero el poder de Dios para hacer Su trabajo, en la misma forma que tú lo haces".

Elías dijo, "Si me ves partir, sabrás que Dios te dará Su poder".

De repente una carroza de fuego apareció y un fuerte viento levantó a Elías hasta el cielo para estar con Dios. Eliseo lo vió partir.

La capa de Elías cayó al suelo y Eliseo la alzó. Después regresó al río y tocó el agua con la capa. El agua se dividió tal como había sucedido con Elías y así cruzó. Eliseo sabía que el poder de Dios estaba con él. Ahora estaba preparado para hacer el trabajo de Dios.

Versículo Para Memorizar
Aférrate a la instrucción, no la sueltes; guárdala, porque ella es tu vida.

Proverbios 4:13

Micaías Dice La Verdad

Historia Bíblica de II Crónicas 18; Exodo 20:16.

En cierta ocasión había dos reyes. El rey Josafat amaba y obedecía a Dios, pero el rey Acab no.

Josafat fue a ver a Acab. "Quiero tomar posesión de la ciudad de los enemigos", dijo Acab. "¿Me ayudarías?".

"Antes que te conteste, necesitaría saber qué es lo que Dios quiere que hagamos", le dijo el rey Josafat.

Entonces Acab llamó a sus profetas, y vinieron cuatrocientos. Les preguntó, "¿Debemos pelear para tomar posesión de la ciudad?".

Los profetas sabían qué era lo que el rey Acab quería que dijeran y no querían que se enojara con ellos. Entonces no le dijeron la verdad. Todos le dijeron, "Adelante. Dios te dará la victoria. La ciudad será tuya".

Pero Josafat no confianba en estos profetas. Por lo tanto preguntó, "¿Hay otro profeta de Dios que puedas llamar?. Me gustaría escuchar qué nos dice".

"Micaías es un profeta de Dios", dijo Acab a Josafat. "Pero a mí no me agrada. Nunca me dice lo que anhelo escuchar".

"Bien, quiero escuchar qué dice Micaías", dijo Josafat. El quería escuchar qué decía un profeta de Dios honesto. Entonces Acab envió por Micaías.

El mensajero que fue a traer a Micaías le dijo, "Se inteligente. Solamente dile a Acab lo que él quiere escuchar".

Pero Micaías le dijo, "Debo decir la verdad porque esto es lo que Dios quiere que haga".

Micaías le dijo a los dos reyes, "Ustedes pueden ir a la ciudad de los enemigos y atacarla, pero tú, rey Acab, morirás. Los otros profetas no te dijeron la verdad".

El rey Acab estaba muy enojado. Mandó a Micaías a prisión. Después atacó la ciudad de los enemigos y lo mataron tal como Micaías había dicho que sucedería.

Versículo Para Memorizar
No mintáis los unos a los otros.

Colosenses 3:9a

Dios Contesta La Oración De Un Rey

Historia Bíblica de II Crónicas 20: 1-25.

El rey Josafat era un buen rey. Confiaba en Dios y trataba de hacer lo correcto. Ayudó al pueblo para que también confiara y obedeciera a Dios.

Cierto día unos hombres le trajeron noticias desalentadoras al rey. Le dijeron, "¡Un gran ejército enemigo viene hacia aca!. Ellos quieren tener una guerra contra nosotros".

El rey respondió, "Dile a mi pueblo que venga a Jerusalén. Iremos al templo juntos para orar. Le pediremos a Dios Su ayuda y protección. Sé que El nos cuidará".

El pueblo del rey se apresuró a ir al templo. El rey Josafat se paró, oró y dijo, "Querido Dios, ¡un gran ejército viene!. No tenemos suficientes soldados para pelear una batalla tan grande. Tú eres un Dios maravilloso. Por favor ayúdanos".

Todo el pueblo, incluyendo niños y niñas, oraron con el rey. Después uno de los sacerdotes dijo, "Dios me ha pedido que te diga: 'No tengas miedo. La batalla no es tuya. Es de Dios. Vayan por la mañana y busquen al enemigo. Pero no se preocupen, no tendrán que pelear contra ellos. Dios se encargará de todo'".

A la mañana siguiente, el rey Josafat y su ejército marcharon para encontrarse con el enemigo. Marcharon hasta llegar a una montaña muy alta. Sabían que los soldados enemigos estaban acampando al otro lado.

Cuando llegaron a la cima de la montaña, ¡Qué sorpresa tenían frente a ellos! ¡Los soldados enemigos estaban allí, pero todos estaban muertos!. Habían peleado y se habían matado entre ellos mismos.

El rey y su pueblo no estaban esperando este tipo de respuesta a sus oraciones. Dios se encargó de todo. ¡Ellos no tuvieron que pelear de ninguna manera!. Estaban muy contentos de haber confiado en que Dios haría lo mejor.

Versículo Para Memorizar
Ciertamente el Señor dará lo que es bueno.

Salmo 85:12a

Eliseo Ayuda A Una Viuda

Historia Bíblica de II Reyes 4:1-7.

Una pobre viuda fue a ver a Eliseo y le preguntó, "¿Qué puedo hacer?. Soy pobre. Debo dinero que no puedo pagar. Tengo miedo de que mis hijos lleguen a ser esclavos del hombre al que le debo dinero".

Eliseo sabía que Dios le ayudaría. Le preguntó a ella si poseía alguna cosa. La viuda le dijo, "Solamente tengo una vasija pequeña de aceite de oliva".

Eliseo le contestó, "Pídele a tus vecinos todas las vasijas que te puedan prestar. Después llénalas con el aceite de tu vasija".

Los hijos de la viuda pidieron prestadas muchas vasijas. Después la viuda levantó su vasija pequeña de aceite y comenzó a llenar las otras. La vasija pequeña de aceite no se vació hasta que todas las vasijas grandes estuvieron llenas.

Eliseo dijo, "Ahora vende el aceite y págale al hombre que le debes. Después usa el dinero que sobró para comprar comida para tu familia". Dios le había mostrado a Eliseo cómo ayudar a la viuda cuando estaba en necesidad.

Versículo Para Memorizar
Hijos, no amemos de palabra ni de lengua, sino de hecho y en verdad.
I Juan 3:18

Naamán Consigue Ayuda De Una Sierva

Historia Bíblica de II Reyes 5:1-15.

Naamán era el líder de un ejército muy grande. Pero estaba enfermo de lepra. Ningún doctor sabía cómo ayudarlo a sanarse.
Una joven que trabajaba como sierva en la casa de Naamán quizo ayudarlo. Ella le dijo a la esposa de Naamán. "Mi amo debería ir a hablar con el profeta de Dios, Eliseo. Dios le mostrará a Eliseo cómo ayudar a mi amo".

Cuando Naamán escuchó la idea de la joven, le preguntó a su rey si podía ir a ver a Eliseo. El rey también quería que Naamán se mejorara. Entonces mandó una carta al rey del país de Eliseo. La carta decía, "Por favor haz que Naamán se sane".

Eliseo escuchó sobre la carta y le mandó un mensaje al rey que decía, "Mándame a Naamán". Pero cuando Naamán llegó a la casa de Eliseo, Eliseo no quiso salir a verlo. Por el contrario mandó a su siervo para darle un mensaje a Naamán.

El mensaje de Eliseo decía, "Ve y báñate siete veces en el río Jordán y Dios te sanará".

Naamán estaba muy enojado. ¡Esta no era la manera de tratar a un hombre tan importante como él! Pero el siervo de Naamán le dijo, "Por favor haz lo que Eliseo te dijo".

Entonces Naamán fue al lodoso río Jordán y se sumergió en el agua una vez, dos veces, tres, cuatro veces; pero nada sucedió.

Naamán se sumergió en el agua por quinta, sexta y séptima vez. Y cuando salió la séptima vez, la lepra había desaparecido. ¡Ya estaba bien!.

Naamán regresó a agradecerle a Eliseo. Le dijo, "Ahora sé que tu Dios es el único Dios verdadero". Naamán le agradeció a Dios por curarlo y por la joven sierva que le dijo que Dios lo podría ayudar.

Versículo Para Memorizar
Servíos por amor los unos a los otros.

Gálatas 5:13b

El Príncipe Escondido

Historia Bíblica de II Reyes 11:1-12:2.

Joás era un príncipe israelita, pero su padre, el rey, murió cuando Joás era joven. Su abuelita era una mujer mala y quería ser reina. Cuando escuchó que su hijo estaba muerto, mandó soldados para que mataran a todos sus nietos.

La tía de Joás, Josaba, lo llevó al templo y lo escondió. Los soldados buscaron y buscaron a Joás, pero nunca pensaron buscarlo en el templo.

Joás vivió en el templo por seis años. Un tío de él era sacerdote allí. El le enseñó a Joás cómo leer los rollos de las Sagradas Escrituras y cómo agradar a Dios. Con la ayuda de su tío, Joás aprendió a amar a Dios. Y dijo, "Algún día cuando sea rey, el pueblo de Dios vendrá a adorar al templo otra vez".

Cuando Joás tenía siete años, llegó a ser el nuevo rey. Y Dios le ayudó a ser un buen rey.

Versículo Para Memorizar
Acordaos de vuestros guías, que os hablaron la palabra de Dios.
Hebreos 13:7

Alabado En La Casa De Dios

Historia Bíblica de
II Crónicas 29:20-30:27.

Cuando Ezequías llegó a ser rey, se molestó mucho porque su pueblo no seguía alabando a Dios. El rey Ezequías le dijo al pueblo, "Es muy malo que nos olvidemos de Dios. Reunámonos y alabémoslo".

Entonces todos fueron al templo y lo alabaron. El pueblo oró, "Querido Dios, lamentamos mucho el hacer cosas malas. Prometemos aprender sobre Ti y alabarte".

Entonces el rey y su pueblo alabaron a Dios con música. Algunos tocaron sus arpas. Otros tocaron sus trompetas y otros tocaron sus címbalos.

El pueblo también cantó para alabar a Dios. Ellos cantaron con palabras como: "Aclamad con alegría al Señor, toda la tierra. Servid a Dios con alegría; venid ante El con cánticos de gozo. Entrad por Sus puertas con acción de gracias y a Su corte con adoración; dad gracias a El y adorad Su nombre".

Después, Ezequías mandó cartas a todo su pueblo que vivía lejos y les dijo que también vinieran a adorar en la casa de Dios.

Mucha gente vino al templo. Ellos también le pidieron perdón a Dios por hacer cosas malas. Cantaron y tocaron música.
Los sacerdotes leyeron la Palabra de Dios y le hablaron a la gente sobre Dios. Después el pueblo le dio a Dios sus ofrendas y oraciones.

El rey Ezequías y su pueblo alabaron en la casa del Señor por siete días. Fue un tiempo tan feliz que no querían regresar a sus casas. Entonces alabaron a Dios por otros siete días más. Dios estaba feliz porque Su pueblo había venido al templo para alabarlo.

Versículo Para Memorizar
Servid al Señor con alegría, venid ante El con cánticos de júbilo.
Salmo 100:2

La Oración De Ezequías

Historia Bíblica de II Reyes 20:1-11.

El rey Ezequías estaba muy enfermo. "Dios me dijo que morirás muy pronto", le dijo el profeta Isaías.

Esta noticia hizo que el rey se sintiera muy triste. Después que Isaías salió, el rey oró, "Dios, por favor, sáname".

Entonces Isaías regresó y dijo, "Dios escuchó tu oración, rey Ezequías. El me pidió que te dijera que te va a sanar".
El rey todavía estaba muy preocupado, entonces le preguntó, "¿Cómo puedo estar seguro?".

Isaías le contestó, "Cada día el sol forma una sombra que baja las escaleras del palacio. Pero hoy Dios hará que la sombra suba las escaleras".

El rey observó las escaleras del palacio para ver qué pasaba. Y justo como Isaías dijo, Dios hizo que la sombra subiera las escaleras en vez de que bajara. Dios hizo que el enfermo rey se mejorara porque había recordado pedir ayuda a Dios.

Versículo Para Memorizar
Porque todo el que pide, recibe; y el que busca, halla; y al que llama, se le abrirá.

Mateo 7:8

La Escritura Perdura

Historia Bíblica de Jeremías 36.

Dios le dijo al profeta Jeremías, "Escribe estas palabras en un rollo: 'Mi pueblo no me ha obedecido. Dejaré que sus enemigos los destruyan, si no escogen seguirme'".

Jeremías le dijo a su siervo Barac que escribiera las Palabras de Dios en un rollo y lo leyera al pueblo de Dios. Algunas personas tuvieron mucho temor. Sabían que la Palabra de Dios era verdad.

Un hombre leyó las Palabras de Dios al rey. El rey se enojó y quemó el rollo en el fuego. El no creyó que la Palabra de Dios era verdad.

Dios le dijo a Jeremías que escribiera las Palabras de nuevo en otro rollo. Dios le dijo, "Este país no va permanecer, pero mi Palabra permanecerá por siempre".

Versículo Para Memorizar
Sécase la hierba, marchítase la flor, mas la palabra del Dios nuestro permanece para siempre.

Isaías 40:8

Tres Valientes Muestran Fe En Dios
Historia Bíblica de Daniel 3.

Mucho tiempo atrás, un rey construyó un ídolo de oro brillante. Luego el loco rey mandó a su pueblo adorar el objeto radiante.

Entonces todo el pueblo lo adoró. Excepto Sadrac, Mesac y Abed-nego. Estos tres jóvenes se quedaron parados. Rehusaban honrar algo tan malvado.

Los tres hombres dijeron, "No nos arrodillaremos, aunque seas el rey, el dueño de la corona y la ley. Pues Dios ha dicho, '¡Ante ninguna imagen sus rodillas han de doblar; pues sólo a Mí me deben adorar!'".

Los tres hombres valientes se quedaron parados, mientras que el rey estaba enojado. Comenzó a llamar fuertes soldados para lanzar los tres hombres a un gran horno avivado.

El rey mandó a sus hombres a la puerta del horno encendido. Avivaron el fuego y sonaba como un gran rugido. Después lanzaron a los tres hombres dentro. ¡Pero ellos no se quemaron aunque no había viento!.

El rey tenía una mirada perpleja cuando vio a los tres hombres caminando sin queja. Miró de nuevo al horno candente y vio entonces que había mucha gente.

Había arrojado tres hombres, ¡pero ahora había cuatro!. ¿Cómo puede ser esto?. Había tres hace un rato. El viejo rey dio un gran grito, "Su Dios los ha salvado. A salir los invito".

Y la gente dijo, "Esto no es algo de risa. Ni siquiera huelen un poco a ceniza. El lazo que los ataba se quemó totalmente. Pero su Dios los salvó poderosamente".

Versículo Para Memorizar
No tendrás otros dioses delante de mí.

Exodo 20:3

Daniel Obedece A Dios

Historia Bíblica de Daniel 6.

Daniel siempre hacía las cosas bien. Así que sus enemigos trataron de comenzar una pelea. Ellos sabían que a Daniel le gustaba orar. Tres veces al día con su Dios venía a hablar.

Sus enemigos llevaron un plan al rey. "Tenemos una idea. Haz una ley. Que a ti solamente han de orar; y por los siguientes treinta días debe durar."

¡Qué buena norma, pensó el rey. Y escribió su nombre al final de la ley!. "Es ahora una regla. A mí deberán orar; o sino ¡a la fosa de los leones irán a parar!".

Pero Daniel oraba a Dios tres veces al día. Obedecer Su ley era lo que él escogía. Sus enemigos escuchaban mientras se escondían y luego le dijeron al rey lo que Daniel hacía.

El rey estaba muy triste de que los astutos hombres vieron a su buen amigo Daniel rompiendo la ley. Pues ni el rey podía romper lo que ya había firmado. Entonces a la oscura fosa de los leones, Daniel fue lanzado.

Dijo el rey, "Daniel, que el Señor te ayude a vivir". Pues él no sabía qué más decir. Toda la noche se preguntó, "¿Estará bien Daniel?", y a la mañana siguiente corrió donde él.

"¿Te cuidó el Señor?", él preguntó. Y muy contento se puso cuando Daniel contestó, "Los leones me querían devorar, pero Dios, la boca de los leones, hizo cerrar".

"Saquen a Daniel de la fosa", dijo el rey quien se sentía tan feliz que quería cantar. "Tu Dios es el único a quien debemos orar. Las leyes que ha dado debemos guardar".

Versículo Para Memorizar
Y harás lo que es justo y bueno a los ojos del Señor.
                                                    Deuteronomio 6:18a

La Oración De Nehemías

Historia Bíblica de Nehemías 1:1-2:9.

Nehemías escuchó malas noticias sobre la gente que había regresado a Jerusalén. "El pueblo de Dios tiene problemas. La ciudad está en mala condición. Incluso los muros de Jerusalén están destruidos".

Nehemías oró, "Señor, somos tu pueblo, pero no te obedecimos. Entonces Tú nos hiciste salir de nuestra tierra natal. Ahora nos has dicho que regresemos a nuestra tierra. Por favor ayúdanos a reconstruir la ciudad de Jerusalén".

Dios escuchó la oración de Nehemías. Nehemías le preguntó al rey de Persia si podían volver a Jerusalén para ayudar a reconstruir los muros de la ciudad. El rey le dijo que sí.

Nehemías tenía un plan para reconstruir la ciudad, y el pueblo de Dios dijo que le ayudaría. ¡Nehemías estaba muy feliz porque Dios había escuchado sus oraciones!.

Versículo Para Memorizar
El Señor oye cuando a El clamo.

Salmo 4:3b

El Pueblo de Dios No Paró

Historia Bíblica de Nehemías 2:11-4:23; 6.

Dios envió a Nehemías a Jerusalén. Los enemigos de la ciudad habían derribado los muros, "Dios nos ayudará a reconstruir los muros. No nos rendiremos", dijo Nehemías. Y le dio a cada persona un trabajo para hacer.

Los enemigos del pueblo de Dios trataron de parar el trabajo. Se reían del pueblo de Dios. Pero éste no se rindió. Prosiguió la construcción de los muros de la ciudad. Entonces los enemigos dijeron, "¡Pelearemos contra ustedes si no paran de trabajar!". Esto asustó mucho al pueblo de Dios.

Nehemías le dijo al pueblo, "No tengan miedo. Dios quiere que reconstruyamos los muros de Jerusalén. El nos ayudará a terminar el trabajo. Ustedes deben trabajar con una mano y sostener la espada con la otra".

El pueblo decidió ser valiente y proseguir con el trabajo. Finalmente los enemigos no atacaron. Y por fin los muros de la ciudad fueron terminados.

Versículo Para Memorizar
Y no nos cansemos de hacer el bien.

Gálatas 6:9a

Esdras Dice: Obedezcan

Historia Bíblica de Nehemías 8.

El pueblo de Israel se reunió frente a los nuevos muros de Jerusalén. Todos le pidieron a Esdras, el sacerdote, que les leyera la Palabra de Dios. El la leyó en voz alta, "Alaben al Señor. El es nuestro Dios Todopoderoso. Obedecer Su palabra nos hace felices".

Escuchar la Palabra de Dios hizo llorar a algunas personas. Ellos sabían que no habían obedecido Su palabra y ahora estaban afligidos. "No lloren", les dijo Esdras. "Ahora que entienden la Palabra de Dios, pueden obedecerla y ser felices".

Había pasado mucho tiempo sin que el pueblo escuchara la Palabra de Dios. Entonces Esdras se paró junto a los nuevos muros de la ciudad y leyó la Palabra de Dios en voz alta durante siete días. El pueblo vino a escuchar. Después, todos daban gracias a Dios por Su ayuda.

El pueblo dijo, "Desde ahora escucharemos la Palabra de Dios y obedeceremos Sus mandamientos. Entonces la Palabra de Dios nos hará dichosos".

Versículo Para Memorizar
Dichosos los que oyen la palabra de Dios y la guardan.
Lucas 11:28

Ester Salva a Su Pueblo
Historia Bíblica del Libro de Ester.

Era un día muy triste para Mardoqueo. El rey Asuero, el gobernador de Persia, estaba buscando una esposa. Las jóvenes más bellas de la tierra eran llamadas al palacio para conocer al rey.

La prima de Mardoqueo, Ester, era como una hija para él. Había vivido con él desde que era una niña. Ahora el rey quería conocerla y Mardoqueo no quería que se fuera.

El sabía que el rey se enamoraría de Ester tan pronto la conociera. Ella era muy hermosa y amable.

"No le digas al rey que eres judía", Mardoqueo le advirtió a Ester. "Hay mucha gente en esta tierra que no nos quiere porque adoramos al verdadero Dios".

Mardoqueo observaba mientras que Ester caminaba hacia el palacio. Se preguntaba si volvería a verla. "Quiero que Ester sea feliz", se dijo a sí mismo. "Pero la extrañaré".

Mardoqueo estaba en lo cierto. El rey se enamoró de Ester. La escogió para ser su reina. Mardoqueo extrañaba a su prima, pero sabía que ella era feliz.

¡Cierto día Mardoqueo escuchó una terrible noticia!. Un mal hombre llamado Amán estaba planeando matar a todo el pueblo de Dios. El y sus amigos habían engañado al rey para que firmara una ley. Esta decía que en cierto día especial era permitido matar al pueblo de Dios y robarles las cosas que les pertenecían.

Mardoqueo se rasgó la ropa y se untó ceniza para mostrar que estaba afligido y molesto. Cuando Ester escuchó esto, mandó un hombre para preguntarle qué pasaba.

Mardorqueo le dijo, "Ve donde está el rey y dile sobre Amán para ver si nos puede ayudar. Ni siquiera tú, Ester, estarás segura si el plan de Amán funciona. El debe ser detenido".

Ester tenía miedo. Sabía que ni la misma reina podía ver al rey cuando quisiera. Era contra la ley que alguien consultara al rey sin antes ser invitado. Si al rey no le agradaba que ella viniera, la podía matar.

Ester oró pidiendo valor. Arregló su cabello y se puso su mejor vestido. Después se encaminó para ver a su esposo, el rey.

El rey Asuero estaba muy sorprendido de ver a su esposa. "Ester se ve muy hermosa", pensó el rey calladamente, "pero ¿por qué arriesgaría su vida para venir a verme sin ser llamada?". El rey levantó su cetro para mostrarle a Ester que ella era bienvenida para hablar con él.

"Mi señor", dijo Ester inclinándose ante él. "Me gustaría invitarte a ti y a Amán para que cenen conmigo".

"Nos agradaría ir", contestó el rey.

El rey y Amán gozaron de la cena que Ester había planeado. Ella los invitó a otra cena y ellos dijeron que vendrían.

Pero cuando vinieron a la segunda cena, Ester le dijo al rey sobre el plan de Amán para matar a los israelitas, incluyéndola a ella.

El rey estaba muy enojado, por lo tanto creó una nueva ley para salvar al pueblo de Israel y después hizo que ahorcaran a Amán.

Con la ayuda de Dios la reina Ester salvó a su pueblo. Y Mardoqueo estaba muy orgulloso de ella.

Versículo Para Memorizar
Para que sean librados tus amados, salva con tu diestra, y respóndeme.

Salmo 60:5

Jonás Y El Gran Pez

Historia Bíblica de Jonás 1-3.

Cierto día Dios le dijo a un hombre llamado Jonás que fuera a la ciudad de Nínive. Jonás era un predicador. Dios quería que predicara a la gente de Nínive y les dijera que El no estaba contento con las maldades que ellos estaban haciendo.

"Eso es muy difícil", pensó Jonás. "No quiero ir a Nínive, ellos son nuestros enemigos". Entonces encontró un barco que lo llevaría muy lejos, tan lejos de Nínive como fuera posible.

Pero después que el barco zarpó, empezó una gran tormenta. Los truenos retumbaban y rugían. Los relámpagos alumbraban. Incluso los marineros tenían miedo. Comenzaron a tirar cosas fuera del barco para hacerlo más liviano, pero esto no ayudaba en nada.

El capitán fue a buscar a Jonás y le dijo: "Sé que tú eres un predicador, ¡pide a tu Dios que nos salve!".

Entonces Jonás dijo, "Arrójenme al mar y la tormenta se calmará. Este problema es por mi culpa". Jonás sabía que Dios había mandado esta tormenta porque él estaba huyendo de lo que Dios quería que hiciera.

Entonces los marineros arrojaron a Jonás al mar. El empezó a hundirse más y más y más hasta llegar a lo profundo y oscuro del mar. Pero no murió. Dios mandó un gran pez para salvarlo. El gran pez abrió su gran boca y se tragó a Jonás de un solo bocado.

Jonás estuvo en el estómago del gran pez por tres días. Era oscuro, oloroso y muy incómodo; pero Jónas estaba feliz de no haber muerto.

Jonás pensó en lo que había pasado. Sabía que Dios lo había salvado, entonces oró y le dio gracias a Dios por haber salvado su vida. Le pidió perdón a Dios por huír y le prometió que le obedecería e iría a Nínive.

Después de tres días Dios hizo que el gran Pez nadara cerca de la tierra y vomitara a Jonás en la playa.

Entonces Dios le dijo: "Jonás, obedéceme y ve a Nínive. Dile a la gente de allí lo que te dije".

Entonces Jonás obedeció a Dios y fue a Nínive. La gente de allí escuchó lo que tenía que decir. Le pidieron perdón a Dios por las cosas malas que habían hecho y Dios los perdonó.

Jonás aprendió una lección muy importante. Aprendió que no podía huír de Dios. El obedecer a Dios hace que la vida sea mucho más feliz. Jonás estaba muy agradecido porque Dios le había perdonado y le había dado una segunda oportunidad para obedecer.

Versículo Para Memorizar
Me deleito en hacer tu voluntad, Dios mío, tu ley está dentro de mi corazón.

Salmo 40:8

Isaías Habla de Jesús

Historia Bíblica de Isaías 7:14; 9:1-7.

Isaías era un profeta de Dios. El vivió casi setecientos años antes que Jesús naciera. Dios le dijo a Isaías muchas cosas sobre el futuro. El escribió todas estas cosas. Después se las contó al pueblo.

Isaías dijo que algún día Dios enviaría a Su pueblo un nuevo rey. Este nuevo rey sería el mejor rey que jamás hubieran tenido. Sería un pariente del rey David. Este nuevo rey sería llamado Admirable, Consejero, Dios Fuerte, Padre Eterno y Príncipe de Paz.

Nacería de una mujer que Dios escogería, y Su nombre significaría "Dios está con nosotros". Su reino sería un reino de paz que duraría para siempre.

Cuando Jesús nació, estas palabras de Isaías se hicieron realidad. Jesús es el Príncipe de Paz que Dios prometió enviar al mundo. Si le amamos y le obedecemos, somos parte de Su reino de Paz.

Versículo Para Memorizar
Porque un niño nos ha nacido, un hijo nos ha sido dado.
Isaías 9:6a

El Hijo Prometido

Historia Bíblica de Lucas 1:5-25,57-80.

Zacarías era un sacerdote en el templo de Jerusalén. El y su esposa Elizabet querían hijos pero no tenían ninguno. Ahora eran muy ancianos y creían que jamás tendrían una familia.

Cierto día Zacarías estaba trabajando en el templo cuando vio un ángel. El ángel le dijo, "Tú y Elizabet van a tener un bebé y se llamará Juan. Cuando él crezca ayudará a la gente a estar preparada para la venida del Hijo de Dios".

Zacarías preguntó, "¿Cómo puede ser esto cierto?".

"Dios me mandó a decirte esto", le dijo el ángel. "Pero puesto que no me creíste, no hablarás hasta que el niño nazca".

La promesa de Dios se hizo realidad. Juan, el bebé, nació y Zacarías pudo hablar de nuevo. Zacarías y Elizabet le agradecieron a Dios por su hijo y porque ya era hora de prepararse para la venida del Hijo de Dios.

Versículo Para Memorizar
El Padre envió al Hijo para ser el Salvador del mundo.
1 Juan 4:14a

El Mensaje Del Angel

Historia Bíblica de Lucas 1:26-56.

María era una mujer joven que vivía en un pueblo llamado Nazaret. Cierto día un ángel vino a darle un mensaje de Dios.

Al principio María estaba muy asustada. Pero el ángel le dijo, "No temas. Dios va a hacer algo maravilloso para ti. Tendrás un niño y llamarás Su nombre Jesús. El será el Hijo de Dios".

"Creo en tu mensaje, le dijo María, haré lo que Dios quiere que yo haga"

María fue y le contó a su prima Elizabet sobre el mensaje del ángel. Dios ayudó a Elizabet a entender que el bebé de María sería el Salvador de toda la gente.

Entonces María alabó al Señor. Le agradeció por todas las cosas maravillosas que hace. También le agradeció por mandar Su único Hijo, Jesús, para ser el Salvador.

Versículo Para Memorizar
En verdad, en verdad os digo: el que cree, tiene vida eterna.

Juan 6:47

La Noticia A Los Pastores

Historia Bíblica de Lucas 2:1-20.

María y José iban rumbo a un pueblo llamado Belén. El gobernador de esta tierra había puesto una ley. La ley decía que toda la gente debería ir a su tierra natal para ser contada. Era un viaje muy difícil para María. Ella iba a tener un bebé. El Hijo de Dios muy pronto nacería.

Cuando María y José llegaron a Belén, el pueblo estaba lleno de gente. No había lugar para que José y María se quedaran en la posada.

María y José fueron a quedarse en un establo. Muy pronto el bebé de María nació. Ella envolvió al bebé en pañales y le preparó una cama en un pesebre. El nombre del bebé fue Jesús.

Esa misma noche algunos pastores estaban cuidando sus ovejas en las colinas cerca de Belén. De repente, los pastores vieron un ángel. Una luz resplandeciente brillaba alrededor del ángel. Los pastores estaban asustados.

El ángel les dijo, "No teman. ¡Tengo maravillosas noticias!. Son alegres noticias para todos. El Salvador ha nacido en Belén. El es Cristo el Señor. Vayan a Belén y encuéntrenlo. Está envuelto en pañales. Lo encontrarán acostado en un pesebre".

Después hubo muchos ángeles en el cielo. Todos ellos estaban cantando alabanzas a Dios por enviar a Jesús el Salvador. Luego regresaron al cielo.

Los pastores se apresuraron a ir a Belén. Ellos querían ver al Salvador. Después que los pastores vieron a Jesús, alabaron a Dios por mandar a Su Hijo. Le contaban a todo el que veían que Jesús el Salvador había nacido.

Versículo Para Memorizar
Porque os ha nacido hoy, en la ciudad de David, un Salvador.
Lucas 2:11a

Regalos Para El Rey

Historia Bíblica de Mateo 2:1-12.

"Debemos seguir la estrella", dijeron los sabios, mientras cruzaban el desierto en sus camellos. "La estrella nos guiará a ese niño tan especial. El es el nuevo rey del pueblo de Dios".

Los sabios estaban haciendo un viaje muy largo para encontrar al nuevo rey. Querían adorarlo. También querían darle regalos: oro, incienso y mirra.

Después de un largo viaje los sabios llegaron a una ciudad muy grande. "¿Dónde está el nuevo rey?", le preguntaron a la gente. "Queremos adorarlo".

La gente no sabía nada sobre el nuevo rey. Su gobernante era el rey Herodes. El se enojó mucho cuando escuchó las noticias. Herodes le preguntó a sus siervos dónde había nacido el nuevo rey. Sus siervos le dijeron, "La Palabra de Dios dice que El habría de nacer en Belén".

El rey Herodes le dijo a los sabios una mentira. Les dijo, "Vayan y encuentren al nuevo rey por mí. Luego vengan y cuéntenme dónde está. Yo también quiero adorarlo".

Entonces los sabios partieron del palacio del rey y siguieron nuevamente la estrella. Esta los guió a una casa en Belén. Allí vieron al pequeño Jesús en los brazos de la madre. Se arrodillaron y lo adoraron. Después le dieron sus regalos de oro, incienso y mirra. Estos regalos mostraban su amor por Jesús.

En un sueño, Dios le dijo a los sabios que no regresaran a decirle al rey Herodes dónde estaba Jesús.

Ellos sabían que el rey Herodes trataría de herir al pequeño Jesús para que no fuera el nuevo rey. Pero Dios no permitiría que el rey Herodes hiriera a Su Hijo, Jesús.

Los sabios se encaminaron a casa por una ruta diferente. Estaban felices de haber venido a adorar a Jesús y a darle regalos para demostrar su amor.

Versículo Para Memorizar
Al Señor tu Dios adorarás, y sólo a El servirás.

Mateo 4:10

Viendo Al Salvador

Historia Bíblica de Lucas 2:21-38.

María y José amaban a su hijito Jesús. Sabían que El era un regalo especial de Dios. Así que hicieron un viaje al templo de Dios para agradecerle por haber enviado a Jesús.

Un hombre anciano llamado Simeón estaba en el templo ese mismo día. Dios le había hecho una promesa. Le había prometido que viviría lo suficiente para ver al Hijo de Dios. Por lo tanto Simeón siempre estaba aguardando para ver a este niño tan especial. Cuando vio a Jesús, Dios le dijo que su espera había terminado.

Simeón tomó al niño Jesús en sus brazos y le agradeció a Dios por permitirle ver a este niño tan especial. "He visto a Tu Hijo tal como me lo prometiste", oró Simeón. "Tú lo enviaste para ser el Salvador y El le enseñará a mucha gente sobre Ti. Además ayudará a todos".

Alguien más observó a Jesús, Ana. Ella era una mujer anciana que vivía en el templo. Cuando vio a Jesús, también le agradeció a Dios. Ana dijo, "¡El es quién nos salvará!".

Versículo Para Memorizar
Y sabemos que éste es en verdad el Salvador del mundo.

Juan 4:42b

Dios Protege A Jesús

Historia Bíblica de Mateo 2:13-15,19-23.

María, José y el pequeño Jesús vivían en Belén. Jesús fue enviado por Dios Su Padre para ser el Salvador del mundo.

Una noche Dios envió un ángel a hablar con José en un sueño. El ángel le dijo, "¡Apresúrate José!. Debes llevar a María y a Jesús a Egipto. El rey Herodes está buscando a Jesús porque lo quiere matar".

Entonces la familia salió inmediatamente. Se quedaron en Egipto hasta que una noche Dios envió un ángel a hablar con José de nuevo. El ángel le dijo, "Ya puedes volver a tu país. El rey Herodes está muerto, por lo tanto Jesús estará a salvo ahora".

Entonces José llevó a María y a Jesús al pueblo de Nazaret. Dios había guardado a Su Hijo Jesús a salvo de forma tal que algún día El sería el Salvador del mundo.

Versículo Para Memorizar
El consejo del Señor permanece para siempre.

Salmo 33:11a

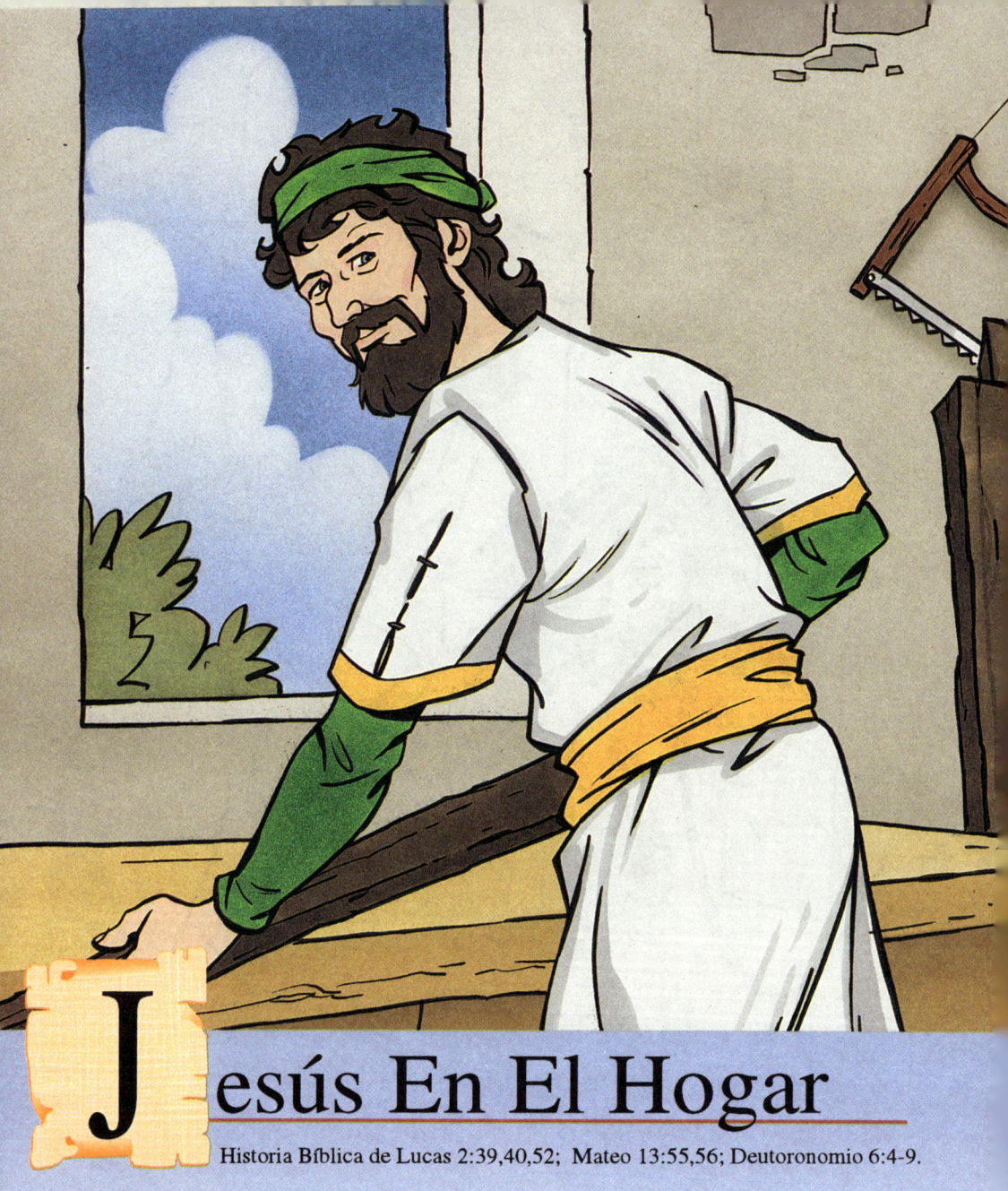

Jesús En El Hogar

Historia Bíblica de Lucas 2:39,40,52; Mateo 13:55,56; Deutoronomio 6:4-9.

Dios escogió a María y a José para hacer el trabajo especial de criar a Su Hijo. No eran personas ricas ni importantes, pero Dios sabía que ellos le podrían dar a Su Hijo, Jesús, lo que El realmente necesitaba. ¡Muchísimo amor!.
Jesús creció en el pueblo de Nazaret. María cuidaba la casa y José trabajaba como carpintero. Los hombres de Nazaret enseñaban a sus hijos cómo ganarse la vida. Por lo tanto José le enseñó a Jesús cómo ser un carpintero. Le mostró cómo usar las herramientas.

Los hombres de Nazaret también le enseñaban a sus familias cómo amar y honrar a Dios. José le enseñó la Palabra de Dios a su familia. El decía, "Deben amar al Señor su Dios con todo su corazón".

La familia de Jesús le ayudaba a aprender las cosas que necesitaba saber. Le ayudaba a crecer fuerte y saludable, le ayudaba a mostrar amor a otra gente y a Su Padre Celestial.

Versículo Para Memorizar
Honra a tu padre y a tu madre.

Mateo 15:4a

El Joven Jesús En El Templo

Historia Bíblica de Lucas 2:41-52.

María y José vivían lejos del templo. Por eso sólo iban allí una vez al año.

Cuando Jesús tenía doce años, fue con María y José. Tuvieron que caminar casi una semana. Muchas otras personas iban con ellos. La gente estaba muy contenta de ir a Jerusalén. Podían ver el templo allá. Era un hermoso lugar.

Jesús fue al templo con su familia. Adoraron a Dios en el templo. Cantaron y oraron a Dios. Dieron también sus ofrendas.

Después María y José iniciaron el viaje de regreso a casa. Caminaron todo el día. Pensaron que Jesús estaba seguro con otra familia del grupo.

Aquella noche María y José lo buscaron por todas partes pero no lo pudieron encontrar. Entonces dijeron, "Debemos volver a Jerusalén".

Ellos regresaron a buscar a Jesús. Lo encontraron en el templo. Jesús estaba escuchando a los maestros de la ley. Les hacía algunas preguntas. Y respondía las preguntas de ellos. María se acercó a Jesús, "¿Por qué nos has hecho esto?. Te hemos buscado por todas partes".

"¿Por qué me buscaban tanto?", preguntó Jesús. "¿No sabían que estaba aquí?. Esta es la casa de Mi Padre". Jesús se refería a Dios. Jesús sabía que Dios era Su Padre.

A Jesús le gustaba estar en la casa de Dios. Pero El obedecía a María y a José, así que volvió con ellos a Nazaret.

Dios estaba muy contento con Jesús. La gente también estaba contenta con Jesús.

Versículo Para Memorizar
Yo me alegré cuando me dijeron: Vamos a la casa del Señor.

Salmo 122:1

Jesús En La Escuela

Historia Bíblica de Lucas 4:16; Deutoronomio 6:4,5; Marcos 6:1-4.

Jesús fue a la sinagoga en Nazaret. Allí era donde El y Su familia iban a adorar a Dios. También iba al colegio allí, los fines de semana.

El maestro en la sinagoga amaba a Dios y le leía a sus estudiantes los rollos de la Palabra de Dios. "Amarás al Señor, tu Dios con todo tu corazón", leía él. Jesús aprendió a leer y escribir la Palabra de Dios.

Jesús también aprendió muchas cosas en casa. De María y José aprendió sobre Dios y su Palabra. Aprendió a ayudar en la casa y a construir cosas de madera.

Cuando creció, Jesús recordaba las cosas que aprendió. Las enseñó a muchas otras personas. Jesús era el mejor maestro que alguien alguna vez hubiese tenido.

Versículo Para Memorizar
El sabio oirá y crecerá en conocimiento.

Proverbios 1:5a

Juan Habla De Jesús

Historia Bíblica de Juan 1:19-34.

Jesús tenía un primo llamado Juan. Juan empezó a predicar antes que Jesús. Le decía a la gente que Jesús pronto vendría. También decía que Dios quería que le dijera a todo el mundo que se prepararan para la venida de Jesús y que dejaran de hacer cosas malas.

Mucha gente que escuchó a Juan se sentía mal por sus pecados. Entonces Juan los bautizaba en el río.

Algunos hombres le preguntaban a Juan, "¿Quién eres tú?".

"Yo no soy el Salvador", decía Juan. "Pero estoy aquí para decirles que El viene pronto".

Al siguiente día Juan vio que Jesús caminaba hacía él. Juan dijo, "Aquí está la persona de quien les he estado hablando. Este es Jesús, el Salvador. El nos salvará de nuestros pecados".

Juan dijo, "Yo sé que Jesús es el Hijo de Dios, y quiero que todo el mundo lo sepa. ¡Jesús ES el Hijo de Dios!".

Versículo Para Memorizar
Porque de tal manera amó Dios al mundo, que dio a su Hijo unigénito. Juan 3:16a

Siervos Especiales

Historia Bíblica de Marcos 3:13-19; Lucas 6:12-16; Mateo 10:1-8.

Jesús estaba muy ocupado enseñando a la gente y ayudándoles con sus problemas. El quería que alguien le ayudara, entonces le pidió a doce hombres que fueran Sus ayudantes especiales. Los llamó discípulos.

Cuando Jesús le enseñaba a la gente, los discípulos también escuchaban. Ellos le ayudaban a Jesús con Su trabajo. Aprendieron muchas cosas de El. Un día Jesús le dijo a Sus discípulos, "Quiero que le digan a la gente que Dios los ama. Dios les dará el poder de sanar a los enfermos y alegrar a los tristes.

Puesto que les he ayudado, ustedes también pueden ir y ayudar a otra gente".

Los doce discípulos dijeron, "Queremos mostrarle a Dios que lo amamos. Así que iremos y ayudaremos a otros tal como Tú nos lo has enseñado".

Versículo Para Memorizar
Porque somos hechura suya, creados en Cristo Jesús para hacer buenas obras.

Efesios 2:10a

Jesús Es Nuestro Mejor Amigo

Historia Bíblica de Mateo 19:13-15; Marcos 10:13-16.

Las multitudes que seguían a Jesús no eran sólo adultos. Algunos niños venían a ver a Jesús también. Sus familias querían que Jesús orara por los niños y los bendijera.

Los discípulos de Jesús sabían que El estaba ocupado. "Dejen a Jesús en paz", dijeron ellos. "El está muy ocupado con los adultos y no tiene tiempo para los niños".

Los niños y las niñas estaban tristes. Pero entonces oyeron a Jesús decir, "¡Esperen!. Dejen que los niños vengan a Mí. Dios ama a los niños y a las niñas. El reino de los cielos pertenece a todo aquel que es como estos niños".

Jesús les sonrió a los niños y a las niñas. Los abrazó y les dijo, "Los adultos deben amar a Dios y deben confiar en Mí así como lo hacen los niños".

Versículo Para Memorizar
Dejad que los niños vengan a mí.

Marcos 10:14b

Un Capitán Tiene Fe En Jesús

Historia Bíblica de Mateo 8:5-13.

Una vez había un capitán que dirigía cien soldados. El era un hombre muy importante. Sus soldados siempre obedecían lo que les mandaba hacer.

El capitán tenía muchos siervos. Ellos también le obedecían. El era muy amable con sus soldados y sus siervos.

Un día uno de sus siervos se enfermó. El capitán quería ayudarlo. Otro de sus siervos le dijo que Jesús estaba en el pueblo.

El capitán sabía que Jesús ayudaba a la gente. El tenía fe en Jesús y fue a buscarlo. Creía que Jesús podía sanar al siervo.

Cuando encontró a Jesús le dijo, "Señor, mi siervo está muy enfermo. Sé que tú lo puedes sanar. ¿Podrías ayudar a mi siervo?". El capitán tenía fe en Jesús.

"¡Sí, le ayudaré!", le dijo Jesús, "Iré a tu casa".

Pero el capitán le dijo a Jesús, "No soy suficientemente bueno para que vengas a mi casa. Todo lo que tienes que hacer es decir que mi siervo se sanará, y así será".

Jesús estaba muy feliz por lo que le dijo el capitán. Así que le dijo a la gente que estaba allí,
"Nunca he conocido a alguien que tenga tanta fe en Mí".

El capitán le creyó a Jesús. Cuando llegó a casa, su siervo estaba bien. Jesús sanó al siervo por la fe del capitán.

Versículo Para Memorizar
Yo en El confiaré.

Hebreos 2:13a

Jesús Sana Un Enfermo

Historia Bíblica de Marcos 2:1-12; Lucas 5:17-26.

Cuatro hombres llevaron a su amigo enfermo a ver a Jesús. El hombre no podía caminar, entonces sus amigos lo llevaron en un lecho. Ellos querían que él viera a Jesús porque creían que Jesús le podía ayudar a caminar.

Jesús estaba enseñando en una casa. Mucha gente le estaba escuchando. Los cuatro hombres llevaron a su amigo a la casa, pero la casa estaba tan llena que no podían entrarlo por la puerta.

"Ya sé qué podemos hacer", dijo uno de ellos. "Vamos por encima del techo. Haremos un hueco y bajaremos nuestro amigo a la casa para que pueda ver a Jesús".

Entonces lo llevaron al techo. Hicieron un hueco que podían arreglar luego. Después amarraron lazos al lecho y muy despacito y con mucho cuidado bajaron a su amigo por el hueco.

Jesús vio al hombre bajando en el lecho. También vio a los amigos del hombre en el techo. El estaba muy contento porque ellos creían en El. Jesús sonrió al hombre que estaba en el lecho y le dijo, "tus pecados te son perdonados".

Algunos de los que estaban en la casa se enojaron. "Solamente Dios puede perdonar pecados", decían ellos. No creían que Jesús era el Hijo de Dios.

Jesús quería que ellos conocieran quién era El y qué era lo que El podía hacer. La gente no podía ver si los pecados del hombre eran perdonados. Pero podían ver Su poder único si lo sanaba.

"Párate", le dijo Jesús. "Levanta tu cama y camina". De inmediato el hombre se paró y tomó su lecho, y ¡comenzó a caminar!

"Gracias, Jesús", le dijo el hombre. Durante el trayecto a casa el hombre le daba gracias a Dios.

La gente estaba muy sorprendida. Cada uno le daba gracias a Dios. Ellos sabían que Jesús tenía un poder único. Podía perdonar pecados y sanar a la gente. Lo podía hacer porque era el Hijo de Dios.

Versículo Para Memorizar
El Señor es muy compasivo, y misericordioso.

Santiago 5:11b

Jesús Detiene La Tormenta

Historia Bíblica de Marcos 4:35-41.

Jesús y sus discípulos subieron a una barca. Los discípulos comenzaron a remar. Jesús se acostó en la barca y de inmediato se quedó dormido.

Luego el viento comenzó a soplar e hizo que se formaran olas grandes, muy, muy grandes. El agua comenzó a golpear la barca y a llenarla. Los discípulos de Jesús tenían mucho miedo de la tormenta. No sabían qué hacer. Todos estaban seguros que la barca se hundiría.

"¡Despiértate, Jesús!", sus discípulos lo llamaban.
"Maestro, ¿ no te importa si nos ahogamos?".

Jesús habló. "Alto", le dijo al viento. "¡Silencio! ¡Calma!", dijo a las olas. El viento paró y las olas desaparecieron.

Todo estaba calmado en el lago. Jesús miró a sus discípulos y les preguntó, "¿Por qué tenían tanto miedo? ¿No confían en Mí?".

Los discípulos vieron el poder único de Jesús. "Aún los vientos y las olas le obedecen", dijeron.

Versículo Para Memorizar
No se turbe vuestro corazón, creed en Dios, creed también en mí.

Juan 14:1

Una Familia Triste Se Alegra

Historia Bíblica de Marcos 5:21-24, 35-43.

Cierto día un hombre muy triste se acercó a Jesús. Su nombre era Jairo. El era un líder de la sinagoga. La sinagoga era un lugar donde los israelitas adoraban a Dios.

"Por favor Jesús, ayúdame", dijo Jairo. "Mi pequeña hija está muriendo. Si solamente vienes y la tocas, sé que ella estará bien. Y de nuevo seremos felices".

Jesús dijo que iría con Jairo para ver a la pequeña. También había muchas más personas que querían hablar con Jesús. Ellos se amontonaron alrededor de El, para que no caminara tan rápido.

Cuando se iban acercando a la casa de Jairo, unos hombres llegaron corriendo donde Jairo y le dijeron, "Ya es muy tarde. Tu pequeña hija está muerta. Jesús ya no necesita venir".

Jairo estaba muy triste. El creía que Jesús podía ayudar a su pequeña hija, pero ahora parecía que ya era demasiado tarde.

"No te pongas triste Jairo", dijo Jesús. "Solamente cree en Mí". siguieron caminando hacia la casa de Jairo y al llegar encontraron a muchos llorando.

"No lloren", les dijo Jesús. "Ella solamente está durmiendo". Esto hizo que muchos se burlaran de El. Jesús fue al cuarto de la niña y se acercó a la cama. Tomó la mano de la niña y le dijo, "¡Párate pequeña!".

La pequeña comenzó a respirar y abrió sus ojos. Después se paró y salió de la cama.

Cuando las personas la vieron, dejaron de llorar y estaban felices. Jairo y su esposa también sonrieron. Después le dieron a la pequeña algo para comer. "¡Gracias, Jesús, gracias!", dijeron los felices padres.

Jesús estaba contento de haber ayudado a Jairo. A Jesús le gustaba ayudar a otras personas con sus problemas.

Versículo Para Memorizar
Cercano está el Señor a los quebrantados de corazón, y salva a los abatidos de espíritu.

Salmo 34:18

Jesús Ayuda A Un Sordo

Historia Bíblica de Marcos 7:31-37.

Una vez había un sordomudo. El no podía oír nada. Tampoco podía hablar bien. El amigo de este hombre, tenía que darle una ayuda especial.

Un día el amigo del sordomudo lo llevó a ver a Jesús. Ellos le pidieron a Jesús que ayudara al hombre. Sabían que Jesús amaba a la gente que necesitaba ayuda especial.

Jesús llevó al hombre aparte y le habló. Le tocó los oídos y la lengua. Después Jesús dijo, "¡Abrete!".

Inmediatamente el hombre pudo escuchar. También pudo hablar. El hombre y su amigo estaban felices de haber buscado la ayuda de Jesús.

Versículo Para Memorizar
Honrad a todos.

I Pedro 2:17a

Jesús Ayuda A Bartimeo

Historia Bíblica de Marcos 10:46-52; Lucas 18:35-43.

Jesús estaba caminando de pueblo en pueblo. Mucha gente iba con El.

Había un ciego mendigando fuera de la ciudad de Jericó. Su nombre era Bartimeo. Bartimeo no podía ver, pero podía escuchar a la gente.

Un día Bartimeo escuchó venir una multitud. Así que le preguntó a la gente qué era lo que estaba pasando. "Viene Jesús", decía la gente.

De repente Bartimeo llamó a Jesús. Había escuchado que El había sanado personas. "Jesús, ¡por favor ayúdame!", clamó el ciego.

Algunas personas que estaban cerca decían, "Cállate Bartimeo".

Pero el ciego no podía quedarse callado. Por el contrario gritó más fuerte, "Jesús por favor ayúdame, Jesús".

Jesús se detuvo y dijo, "Díganle a ese hombre que venga". Bartimeo escuchó la apacible voz de Jesús. No podía esperar a llegar donde estaba Jesús. Se apresuró a llegar hasta esa voz apacible.

Jesús le preguntó al ciego, "¿Qué quieres que haga por ti?".

"Oh, Jesús, quiero ver", le dijo Bartimeo.

Jesús le dijo, "cree en Mí. Ya estás bien". De inmediato Bartimeo pudo ver. ¡Ya no estaba ciego!.

Bartimeo empezó a seguir a Jesús, agradeciendo a Dios. El supo que Jesús tenía un poder único de Dios y que Jesús lo había usado para sanarlo.

Muchas otras personas vieron lo que Jesús había hecho. También agradecían a Dios por Jesús.

Cada día la gente aprendía más cosas de Jesús. Aprendieron que puede ayudar a todo aquel que cree en El. Jesús lo puede hacer porque EL es el Hijo de Dios.

Versículo Para Memorizar
Por lo demás, fortaleceos en el Señor y en el poder de su fuerza.
Efesios 6:10

Jesús Resuelve Un Gran Problema

Historia Bíblica de Juan 5:1-9.

En la ciudad de Jerusalén vivía un hombre que había sido paralítico por mucho tiempo. No podía caminar. Todo el día yacía junto al estanque de Betesda, esperando ayuda. Esperaba que Dios enviara un ángel que tocara el agua del estanque y le diera al agua el poder para sanarlo. Pero nadie en el estanque le ayudaba a entrar en el agua.

Un día Jesús vino a visitar el estanque de Betesda y vio al hombre enfermo yaciendo en su lecho junto al estanque. El sabía cuanto tiempo llevaba este hombre en esa condición y sintió mucho dolor por él. Jesús tenía el poder para sanarlo, así que se acercó para hablar con él. "¿Quieres sanarte?", le preguntó Jesús.

"Oh, sí", respondió el hombre. "Quiero caminar pero nadie me ayuda a entrar al agua cuando se empieza a mover".

Entonces Jesús le dijo, "¡Párate!. Tus piernas están bien. ¡Levanta tu lecho y camina!".

El hombre estaba muy asombrado, pero se puso de pie. ¡Sus piernas sí se sentían fuertes!. Después recogió su lecho y empezó a caminar alrededor. Se sentía muy, muy feliz. Otra gente que lo vio también se sentía feliz. El poder de Jesús había resuelto el problema de este hombre.

"Gracias, Jesús", le dijo el hombre. Luego se apresuró a contarle a otros cómo Jesús le había ayudado y sanado.

Versículo Para Memorizar
Todas las cosas son posibles para Dios.

Marcos 10:27b

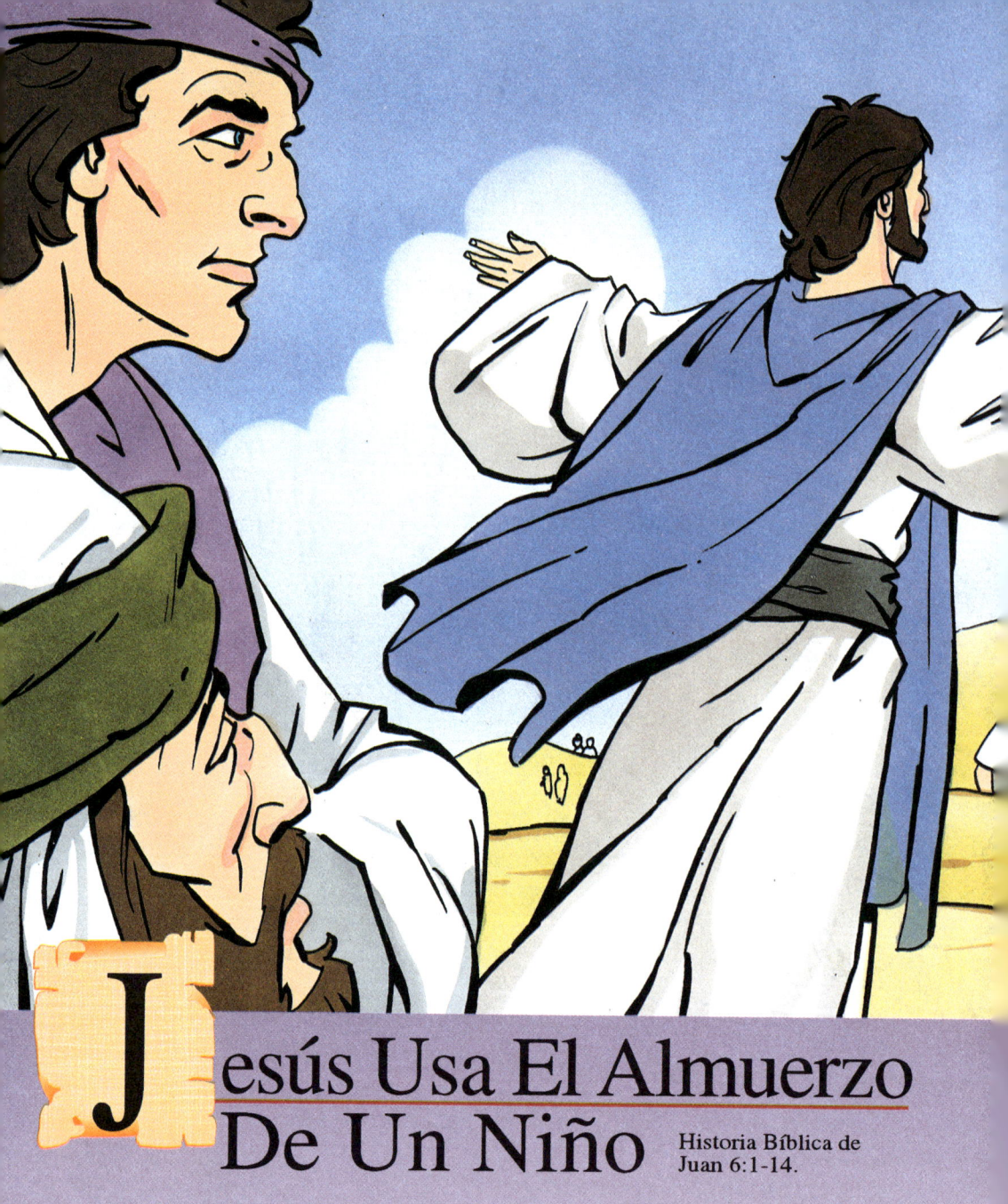

Jesús Usa El Almuerzo De Un Niño

Historia Bíblica de Juan 6:1-14.

Jesús quería hablar con sus discípulos a solas. Así que los llevó a un monte, pero pronto muchas otras personas los estaban siguiendo. Estas personas venían de todos los pueblos alrededor. Habían visto a Jesús sanar a las personas. Querían escucharlo hablar de Dios.

Jesús amaba a las personas y quería ayudarles, así que empezó a enseñarles sobre Dios.

Después de un rato, llegó la hora de cenar, pero no había ningún pueblo cerca. La gente empezó a tener hambre.

Jesús habló a uno de sus discípulos. "Felipe, ¿Dónde podemos comprar alimento para todas estas personas?".

Felipe le dijo, "Se necesitaría mucho dinero. No podemos comprar alimentos para todos ellos. Deberíamos enviarlos a casa".

Entonces Andrés vino a Jesús. El también era uno de los discípulos de Jesús.

Andrés le dijo, "Aquí hay un niño con un almuerzo que desea compartir. Pero sólo tiene cinco pequeños panes y dos pececillos. Eso no es suficiente para todos. ¡Hay más de cinco mil personas aquí!".

Jesús le dijo, "Hagan que la gente se siente en el césped". Entonces Jesús le dio gracias a Dios por los alimentos y partió el pan y los peces en pedazos.

Los discípulos de Jesús pasaron los pedazos de pan y pez y hubo suficiente comida para todos.

Cuando todos terminaron, Jesús le dijo a Sus discípulos, "Recojan lo que quedó". Entonces los discípulos recogieron lo que sobró y llenaron doce canastas.

La gente sabía que Jesús era especial. Ahora habían visto más de Su poder único. Con el almuerzo de un niño, ¡Jesús alimentó más de cinco mil personas!.

Versículo Para Memorizar
Entonces, ya sea que comáis, que bebáis, o que hagáis cualquiera otra cosa, hacedlo todo para la gloria de Dios.

I Corintios 10:31

María Y Martha Piden Ayuda A Jesús

Historia Bíblica de Juan 11:1-44.

María y Martha eran amigas de Jesús. Su hermano Lázaro, también era amigo de Jesús. A Jesús le gustaba visitar su hogar en la ciudad de Betania.

Cierto día cuando Jesús estaba lejos, Lázaro se enfermó. María dijo, "Jesús podría sanar a Lázaro. Pero no está aquí para ayudarnos".

Martha dijo, "Podemos enviar alguna persona a decirle a Jesús sobre Lázaro. Sé que El vendrá y ayudará a nuestra familia". Entonces enviaron a alguien para decirle a Jesús que Lázaro estaba enfermo.

Pero antes de que Jesús se dirigiera a la casa de sus amigos, Lázaro murió. María, Martha y sus amigos estaban muy tristes. Lo envolvieron en una manta y lo pusieron en el sepulcro.

Cuando finalmente llegó Jesús, Martha corrió a encontrarlo. "Oh, ¡Jesús!", exclamó. "Ojalá hubieses estado aquí antes para que Lázaro no hubiera muerto. Pero yo sé que todavía nos puedes ayudar".

Jesús le dijo, "No te preocupes Martha. Confía en Mí".

Cuando María vio a Jesús, ella también dijo, "¡Oh, Jesús!, si hubieras venido antes, Lázaro aún estaría vivo".

Jesús les pidió a las dos hermanas que lo llevaran al sepulcro. Luego Jesús dijo, "Muevan la piedra". Después oró, "Querido Dios muchas gracias porque siempre escuchas mis oraciones".

Entonces Jesús gritó, "¡Lázaro, ven fuera!".

Y Lázaro salió del sepulcro. Aún estaba envuelto en la manta.

Jesús dijo, "Quítenle la manta". Así lo hicieron y allí estaba Lázaro de pie, ¡vivo y sano!.

María y Martha estaban muy felices. Agradecieron a su amigo Jesús por ayudar a su familia. También le agradecieron por resucitar a su hermano.

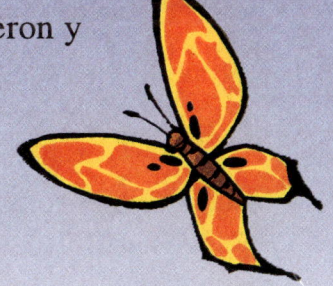

Versículo Para Memorizar
Orad unos por otros.

Santiago 5:16b

Orando Por Cosas Buenas

Historia Bíblica de Lucas 11:1; Mateo 6: 9-13; 7:7-11.

Jesús siempre tomaba tiempo para orar. Oraba a Dios, Su Padre Celestial. Dios siempre respondía las oraciones de Jesús. Cuando oraba, Dios le daba a su Hijo las cosas buenas que necesitaba.

Un día mientras Jesús oraba, Sus discípulos lo vieron. Esperaron a que terminara; entonces le dijeron, "Jesús, por favor enséñanos a orar". Entonces Jesús lo hizo. Les dijo cómo se hacía una buena oración.

Jesús dijo, "Oren así: Padre Celestial, Tu nombre es Santo. Ayúdanos a hacer lo que Tú quieres. Danos el alimento que necesitamos hoy. Perdónanos por hacer malas cosas. Ayúdanos a perdonar a otras personas por las ofensas que cometen contra nosotros.
Guárdanos de querer hacer el mal".

Jesús le prometió a sus discípulos que Dios les daría las cosas buenas que necesitaban si se las pedían. Jesús les dijo, "Pidan y les será dado. Busquen y encontrarán. Toquen a la puerta y le será abierta. Porque todo el que pide recibe; el que busca encuentra y al que golpea, la puerta le será abierta".

Jesús también dijo, "Si un hijo hambriento pide pan, su padre no le dará una roca para comer. Un buen padre le dará a su hijo cosas buenas. Dios es su buen Padre Celestial. El les dará las cosas buenas que necesiten, si se las piden".

Versículo Para Memorizar
Pedid, y se os dará.

Mateo 7:7a

Dos Constructores

Historia Bíblica de Mateo 7:24-29.

Un día Jesús contó esta historia sobre dos hombres.

Un hombre sabio construyó una casa sobre terreno firme. Una noche llovió muy fuerte. El viento también golpeó la casa. Pero el hombre sabio estaba a salvo porque su casa se mantuvo fuerte y en pie sobre el suelo firme.

Un hombre necio, construyó también una casa; pero la construyó sobre la arena. Una noche hubo una gran tormenta. El viento soplaba y llovía fuerte. El hombre necio no pemaneció a salvo porque su casa había sido construída sobre la arena.

Por lo tanto la casa pronto cayó estruendosamente.

Las personas que obedecen a Jesús, son como el hombre sabio. Estarán a salvo cuando vienen los problemas porque confían en Jesús.

Las personas que no obedecen a Jesús terminarán muy tristes porque confían en cosas que realmente no les pueden ayudar. Son como el hombre cuya casa se derrumbó.

Versículo Para Memorizar
Porque este es el amor de Dios. Que guardemos sus mandamientos.

I Juan 5:3a

Ayudando A Jesús

Historia Bíblica de Mateo 10:42; 25:31-40.

Jesús le dijo a sus amigos:

"Algún día me sentaré en el trono. Todos vendrán ante Mí". Le diré a la gente que me ama, "Tuve hambre y ustedes me dieron comida. Tuve sed y ustedes me dieron agua. Fui extranjero y ustedes fueron amigables conmigo. Estuve enfermo y ustedes me cuidaron. No tuve ropa y ustedes me dieron ropa.

"Mis amigos me dirán, '¿Cuándo hicimos estas cosas Jesús?'".

"Yo les responderé, 'Cuando fueron buenos con otros, era lo mismo que ser buenos conmigo'".

Versículo Para Memorizar
Sed más bien amables unos con otros, misericordiosos.
Efesios 4:32a

Guardando El Día De Dios

Historia Bíblica de Mateo 12:9-15; Exodo 20:8-11.

Era el sábado, día de reposo. Los mandamientos de Dios decían que el día de reposo debería ser un día santo para adorar a Dios. Jesús quería adorar a Dios. Estaba en camino a un sitio llamado la sinagoga. Este era el lugar donde el pueblo de Dios iba el día de reposo a adorarlo y a aprender de El.

A los maestros de la ley no les agradaba Jesús. "Veamos si Jesús rompe algunas de nuestras leyes para el día de reposo. Entonces lo meteremos en problemas", dijo uno de los maestros.

Otro maestro señaló a un hombre pobre con una mano enferma. "Tal vez Jesús sane la mano de ese hombre. Eso va contra la ley. Sanar al hombre sería trabajo y no se permite ningún trabajo en el día de reposo".

Los doctores de la ley fueron donde Jesús y le preguntaron, "¿Está bien sanar a alguien en el día de reposo? ¿No es eso trabajo?".

Jesús respondió, "Si una de sus ovejas cayera en un hueco el día de reposo, ¿No la levantarían?. Una persona es más importante que una oveja. Así que es correcto hacer el bien en el día de reposo".

Jesús le dijo al hombre pobre con la mano enferma, "Saca la mano". El hombre sacó la mano y de repente, podía mover sus dedos y su mano. ¡Jesús lo había sanado!.

Jesús sabía la forma correcta de guardar el día de reposo. El adoraba a Dios y ayudaba a otras personas.

Versículo Para Memorizar
Acuérdate del día de reposo para santificarlo.

Exodo 20:8

Un Hombre Joven Que Ama Su Dinero

Historia Bíblica de Mateo 19:16-22; Exodo 20:3; Deutoronomio 6:5.

Un joven rico le hizo una pregunta a Jesús. "Maestro, quiero vivir con Dios para siempre. ¿Qué cosas buenas debo hacer?".

Jesús le dijo, "Si quieres vivir, obedece los mandamientos de Dios".

"¿Cuáles?", preguntó el hombre rico.

Jesús le dijo, "No mates. No robes. No mientas. Honra a tu padre y a tu madre. Y ama a tu prójimo tanto como te amas a ti mismo".

"Yo obedezco estos mandamientos", le respondió el hombre joven. "¿Qué más debo hacer?".

Jesús dijo, "Si quieres ser perfecto, vende lo que posees y dale tu dinero a los pobres; entonces tus riquezas estarán en el cielo, y tú puedes venir y seguirme".

Jesús sabía que el joven rico amaba más a su dinero que a Dios. Si este joven repartiera su dinero, no tendría que pensar en él nunca más, o gastar su tiempo decidiendo que hacer con él.

Jesús quería darle su dinero a los pobres porque el hombre tenía mucho y los pobres muy poco. Repartir su dinero, le mostraría que amaba a Dios más que a su dinero.

El joven rico no quiso escuchar lo que Jesús dijo. Por lo tanto se fue. El amaba su dinero demasiado como para abandonarlo o aún para obedecer a Dios.

Versículo Para Memorizar
Amarás al Señor tu Dios con todo tu corazón

Mateo 22:37a

Cumpliendo Promesas

Historia Bíblica de Mateo 21:28-31.

Un día Jesús contó esta historia: Un hombre tenía una viña. Y le dijo a su primer hijo, "Por favor recoge uvas para mí hoy".

Pero el hijo le contestó, "No, no quiero trabajar hoy".

Entonces el padre le dijo a su segundo hijo, "Por favor recoge uvas para mí hoy". El segundo hijo prometió ayudarle a su padre.

Más tarde, el primer hijo cambió de parecer. Dijo, "Debería obedecer a mi padre". Así que fue a la viña y trabajó todo el día.

El segundo hijo también cambió de parecer. "Después de todo no tengo ganas de trabajar", se dijo a sí mismo. Así que este hijo no cumplió su promesa de ayudar a su padre.

Entonces Jesús le preguntó a la gente que estaba con El. "¿Cuál hijo hizo lo correcto?".

La gente respondió, "El primero. El segundo no cumplió su promesa".

Versículo Para Memorizar
Los labios mentirosos son abominación al Señor, pero los que obran fielmente son su deleite.

Proverbios 12:22

La Mejor Forma

Historia Bíblica de Marcos 10:35-45.

Santigo y Juan le dijeron a Jesús, "Queremos sentarnos junto a ti en el cielo. ¿Dejarás que uno de nosotros se siente a la derecha de tu trono y el otro a tu izquierda?".

Los otros discípulos estaban molestos. Juan y Santiago habían pedido los mejores lugares.

Jesús les dijo, "La mayoría de la gente trata de ser jefe de los otros. Cada uno quiere lo mejor para sí mismo. Ustedes deberían pensar primero en los otros. Lo mejor es ser siervo de los otros".

"Les he mostrado cómo hacer esto. Aunque Yo soy el hijo de Dios, no vine a obtener cosas para mí mismo. Vine para ayudar a la gente e incluso a dar mi vida por ellos".

Versículo Para Memorizar
Sed afectuosos unos con otros con amor fraternal, con honra, daos preferencia unos a otros.

Romanos 12:10

Una Mujer Pobre Da Su Ofrenda

Historia Bíblica de Marcos 12:41-44.

Un día Jesús estaba en el templo. Algunos de sus discípulos también estaban allí. Jesús se sentó cerca a la caja de las ofrendas. El y Sus discípulos observaban a la gente que pasaba por ahí.

La gente depositaba dinero en la caja a medida que entraban en el templo. En esos años no existía el dinero en papel, sólo las monedas. Las monedas hacían ruido cuando eran depositadas en la caja.

 ¡*Plunk!*, sonaban las pequeñas monedas. ¡*Clunk!*, sonaban las monedas grandes. Todos escuchaban el sonido que hacían las monedas.

 Un hombre rico entró al templo y puso algunas monedas grandes en la caja de las ofrendas ¡*Clunk, clunk, clunk!*, el hombre rico sonrió. Estaba feliz de que sus monedas hubiesen hecho tanto ruido. Todos pudieron escuchar cuánto dinero había dado.

Jesús vio a mucha gente entrar y salir. Todos depositaban su dinero en la caja de las ofrendas. Monedas grandes, monedas pequeñas. Ruidosos *clunks* y suaves *plunks*. Mucha gente no daba su dinero porque amara a Dios. Lo daban para presumir y hacerle pensar a otras personas que ellos eran importantes.

Entonces una mujer muy pobre entró al templo. Su esposo había muerto, así que era viuda. Depositó dos pequeñas monedas en la caja: ¡*Plunk, plunk!*.

Ella sabía que no era el sonido de mucho dinero; pero amaba a Dios. Por lo tanto le dio todo el dinero que tenía.

Jesús le dijo a Sus discípulos que la miraran. "Mucha gente rica ha entrado aquí", dijo El. "Han depositado un poco de su dinero pero esta mujer dio lo mejor de ella para Dios. Dio todo lo que tenía".

Versículo Para Memorizar
Que cada uno dé como propuso en su corazón.

II Corintios 9:7a

Jesús Lee Las Escrituras

Historia Bíblica de Lucas 4:16-22.

Un día Jesús volvió a Nazaret. Durante el culto en la sinagoga, la gente dijo, "Jesús, ¿Nos lees la Palabra de Dios hoy?".

Jesús leyó la Escritura: "Dios me ha enviado a predicar buenas noticias a los pobres. Me ha enviado a dar libertad a los cautivos, a hacer que los ciegos vean y a ayudar a todas las personas que están en necesidad".

Entonces Jesús le dijo a la gente, "Hoy estas palabras de la Escritura se han hecho realidad ante sus ojos".

Jesús quería decir que El era quién Dios había enviado a predicar buenas noticias y a ayudar a la gente necesitada.

La gente estaba asombrada. Ellos no creían que Jesús era el Hijo de Dios. Se decían unos a otros, "Jesús es el hijo de José. El creció aquí en Nazaret. Es simplemente un hombre como nosotros".

Pero Jesús realmente es el Hijo de Dios. Las Escrituras dicen eso de El.

Versículo Para Memorizar
Toda Escritura es inspirada por Dios y útil para enseñar.

II Timoteo 3:16a

El Buen Samaritano

Historia Bíblica de Lucas 10:30-37.

Jesús a menudo usaba historias para enseñar a la gente lo que Dios quería que hicieran. Un día contó esta historia.

"Un Israelita iba solo por el camino. Unos ladrones estaban escondidos detrás de unas rocas junto al camino. Lo asaltaron y lo golpearon muchas veces hasta que casi estaba muerto. Después tomaron su dinero y su ropa y lo dejaron herido junto al camino.

Poco tiempo después un sacerdote del templo de Dios pasó junto al camino. Vio al hombre herido, pero no se detuvo a ayudarlo.

Luego un levita del templo pasó por ahí. El levita vio al hombre herido, pero también pasó de largo.

Después un samaritano pasó por el camino. Los samaritanos y los israelitas no tenían una relación amistosa. Sin embargo el samaritano se detuvo para ayudar al israelita herido.

El samaritano lavó las heridas del hombre y lo puso sobre su burro. Después lo llevó a una posada donde pudiera descansar y recuperarse. A la mañana siguiente cuando el samaritano prosiguió su camino, le pagó al dueño de la posada.

'Cuida a este hombre herido hasta que yo vuelva', le dijo el samaritano al dueño".

Después de que Jesús contó esta historia, preguntó, "¿Quién fue un buen prójimo?".

"El que ayudó al hombre", dijo uno de los que estaba escuchando.

Entonces Jesús dijo, "Quiero que ustedes también sean un buen prójimo con todos los que se encuentren".

Versículo Para Memorizar
Amarás a tu prójimo como a ti mismo.

Lucas 10:27b

Martha Aprende

Historia Bíblica de Lucas 10: 38-42.

Dos hermanas llamadas María y Martha eran buenas amigas de Jesús. A veces Jesús venía a visitar su hogar. Ellas, muy felices, lavaban Sus pies sucios y le cocinaban alimentos para que comiera.

Una vez que Jesús vino a visitarlos, María se sentó y lo escuchó enseñar por un largo rato. Martha estaba preparando la comida. Se enojó porque María no le estaba ayudando. Por eso le dijo a Jesús, "Señor, por favor dile a María que venga y me ayude".

"Martha", dijo Jesús, "No te molestes. María ha escogido aprender de Mí. Eso es lo más importante que ella puede hacer con su tiempo".

Jesús estaba muy contento de que Martha estuviera cocinando para El. Pero la decisión de María era aún mejor. María eligió aprender de Jesús. Eso le agradó mucho más a El.

Versículo Para Memorizar
Grabad, pues, estas mis palabras en vuestro corazón y en vuestra alma.

Deuteronomio 11:18a

La Gente Egoísta

Historia Bíblica de Lucas 14:7-11.

Un hombre invitó a Jesús a su casa a cenar. La gente en el banquete se apresuraba a sentarse en los mejores puestos. A Jesús no le gustaba que la gente fuera egoísta entre ellos. Les habló a todos.

"No sean egoístas", dijo El. "Cuando una persona los invite a un banquete, no se sienten en los mejores puestos. Deberían ser humildes y dejar que las otras personas tengan los mejores puestos".

"Si toman lo mejor para ustedes, alguien se lo puede quitar. Pero si dejan que otros sean primeros, los tratarán a ustedes como amigos especiales".

Versículo Para Memorizar
No seáis altivos.

Romanos 12:16a

Un Hijo Vuelve A Casa

Historia Bíblica de Lucas 15:1,2, 11-24.

Jesús contó esta historia para mostrar cómo Dios perdona a las personas que se arrepienten de sus pecados.

Una vez había un padre que tenía dos hijos. El menor quería irse de la casa. Le pidió a su padre la parte de su herencia. Luego empacó su ropa y se fue de la casa. El padre estaba muy triste de ver a su hijo irse. El sabía que su hijo no era sabio. Temía que su hijo se metiera en problemas.

El joven caminó y caminó y llegó a un lugar donde nadie lo conocía. Gastó su dinero en todo tipo de cosas que no eran buenas para él. Al poco tiempo ya no tenía nada de dinero.

El joven fue a trabajar para un granjero. El alimentaba a los cerdos. Algunas veces estaba tan hambriento que quería comer la comida de los cerdos. El joven estaba arrepentido de haber dejado a su padre y haber hecho cosas malas.

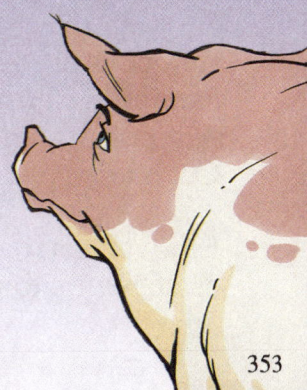

"Los siervos de mi padre tienen buen alimento para comer", pensó él. "Iré a la casa de mi padre y le diré que me perdone por las cosas malas que he hecho. Tal vez me deje ser uno de sus siervos".

Entonces el joven dejó su trabajo con los cerdos. Caminó, caminó y caminó hasta que por fin vio su casa desde lejos. Alguien estaba parado al frente de la casa. Era su padre. Cuando su padre lo vio venir, corrió a saludarlo.

El joven estaba emocionado al ver a su padre y su padre estaba emocionado de ver a su hijo.

El hijo dijo, "Padre, he hecho lo malo. No soy lo suficientemente bueno para ser tu hijo. ¿Puedo ser uno de tus siervos?".

"No, tú eres mi hijo. Te perdono", le respondió su padre. Luego le dijo a sus siervos, "Traigan buena ropa y zapatos para mi hijo. Preparen bastante comida. Tengamos una fiesta. Mi hijo está arrepentido por lo que ha hecho, y ahora ha regresado a casa".

Versículo Para Memorizar
Pues tú, Señor, eres bueno y perdonador.

Salmo 86:5a

El Hombre Perdonado

Historia Bíblica de Lucas 18:9-14.

Un día Jesús contó esta historia:

Dos hombres oraban en el templo. Uno de ellos era un Fariseo muy orgulloso. Y el otro era un cobrador de impuestos.

El Fariseo oró en voz alta, "Dios, no soy como otras personas. Solamente hago lo bueno. No necesito decir perdóname".

El cobrador de impuestos también oró. Inclinó su cabeza y dijo, "Dios, por favor perdóname. Lamento mucho hacer cosas malas".

El Fariseo también había hecho cosas malas. Pero no lo reconocía. No estaba arrepentido y tampoco agradó a Dios; pero en cambio el cobrador de impuestos si agradó a Dios. Dios perdona a las personas que reconocen ante El lo malo que han hecho y luego piden perdón porque están arrepentidos.

Versículo Para Memorizar
Confesaré mis transgresiones al Señor.

Salmo 32:5b

Zaqueo Se Arrepiente

Historia Bíblica de Lucas 19:1-10.

Zaqueo era un cobrador de impuestos, pero no era honesto. Hacía que la gente pagara más impuestos de lo que debían pagar. Después dejaba algo de dinero para él. De esta forma se hizo muy rico, pero no hizo muchos amigos.

Zaqueo escuchó que Jesús iba a llegar al pueblo. Todos estaban comentando de las grandiosas historias que Jesús contaba, y los maravillosos milagros que hacía. Por eso Zaqueo también quería ver a Jesús.

De repente alguien gritó, "¡Ahí viene Jesús!". Una gran multitud de personas salió para encontrarlo. Todo el pueblo quería ver a Jesús. Zaqueo era muy pequeño. No podía ver bien por culpa de la multitud. Entonces se subió a un árbol que quedaba a la orilla del camino y allí esperó.

Luego Jesús pasó junto al árbol. Se detuvo. Miró hacia arriba. Vio a Zaqueo y le dijo, "¡Bájate de ese árbol, hoy iré a tu casa a visitarte!".

Zaqueo bajó del árbol de inmediato y condujo a Jesús a su casa. Las otras personas estaban tan asombradas que decían, "Jesús va a ir a visitar la casa de ese hombre malo".

Pero Zaqueo estaba arrepentido de lo malo que había sido. Entonces le dio a conocer a Jesús su arrepentimiento. El dijo, "Le daré la mitad de lo que tengo a la gente pobre. Y como he cobrado demasiado impuesto a algunas personas, les pagaré cuatro veces más".

Jesús estaba muy feliz de lo que Zaqueo había dicho. Sabía que Zaqueo estaba realmente arrepentido por todas las cosas malas que había hecho. "He venido a ayudar a personas como tú", le dijo Jesús a Zaqueo.

Versículo Para Memorizar
Si confesamos nuestros pecados, El es fiel y justo para perdonarnos los pecados.

I Juan 1:9a

Jesús Es Amigable

Historia Bíblica de Juan 4:3-42.

Jesús se sentó junto a un pozo en Samaria. Una mujer llegó para recoger agua. Ella no le hablaba a Jesús porque él era Judío. La mayoría de los Judíos no tenían una relación amistosa con los Samaritanos.

Jesús le preguntó, "¿Puedes darme un poco de agua?".

"¿Por qué me pides agua a mí?", le dijo la mujer.

Jesús le respondió, "Te puedo ayudar". Después le dijo muchas cosas sobre la vida de ella. También le habló de Dios.

Jesús le dijo, "Yo soy el Salvador que Dios prometió enviar".

La mujer corrió a traer a sus vecinos. "Vengan y vean un hombre que me dijo todo lo que yo he hecho. El debe ser el Salvador".

La gente llegó a hablar con Jesús. Ellos creyeron que Jesús era el Salvador.

Versículo Para Memorizar
Porque nosotros no podemos dejar de decir lo que hemos visto y oído.

Hechos 4:20

Jesús El Rey Y Salvador

Historia Bíblica de Lucas 19:29-40; 22:39-42.

Jesús y sus discípulos iban para Jerusalén. El les dijo a dos de sus discípulos que fueran a un pequeño pueblo cerca de la ciudad.

"Encontrarán un burro amarrado allí. Tráiganmelo", les dijo Jesús. "Si alguien les pregunta por qué se llevan el burro. Díganle que el Señor lo necesita".

Los discípulos encontraron al burro. Dijeron que el Señor lo necesitaba y después lo llevaron donde estaba Jesús.

Algunos de los discípulos pusieron sus abrigos en el lomo del burro. Jesús montó el burro hasta llegar a Jerusalén.

Mientras que Jesús pasaba, la gente extendía sus abrigos y ramas de palma ante El por el camino. Ellos hacían ésto para mostrarle a Jesús que querían que El fuera su nuevo rey.

Mucha gente comenzó a gritar, "¡Hosanna! ¡Jesús es nuestro rey! ¡El viene en el nombre de Dios!". La gente agitaba sus ramas mientras El pasaba junto a ellos

Algunos hombres de la multitud le dijeron a Jesús, "Haz que la gente deje de gritar y de cantar".

"No", respondió Jesús. "Déjenlos gritar y cantar sus alabanzas".

Unas pocas noches después, Jesús fue a un jardín donde le gustaba ir a orar. Sus discípulos fueron con El, pero pronto se quedaron dormidos. Así que Jesús oró a solas.

Jesús le dijo a Dios, "Padre, Yo sé que Tú quieres que Yo muera para salvar a las personas de sus pecados. Será muy difícil pero haré lo que Tú quieras. Seré el Salvador".

Poco tiempo después de eso, Jesús murió. El Salvador murió y resucitó para que podamos ser parte de la familia de Dios.

Versículo Para Memorizar
Así hablamos, no como agradando a los hombres, sino a Dios que examina nuestros corazones.

1 Tesalonicenses 2:4b

Nicodemo Y La Familia De Dios

Historia Bíblica de Juan 3:1-21.

Nicodemo era un hombre que sabía mucho de Dios, pero quería saber más. Una noche Nicodemo fue a ver a Jesús y le dijo, "Maestro, Tú sanas a los enfermos. Das vista a los ciegos. Sé que vienes de parte de Dios".

Entonces Jesús le dijo a Nicodemo, "Si quieres ser parte de la familia de Dios, debes volverte una persona diferente".

"Dios envió a Su Hijo al mundo como persona", dijo Jesús.

"El Hijo de Dios morirá. El morirá por todas las cosas malas que las personas han hecho. Todo el que cree en el Hijo de Dios vivirá para siempre en la familia de Dios".

Jesús es el Hijo de Dios. Jesús estaba hablando de Sí mismo. El quería que Nicodemo fuera parte de la familia de Dios. Jesús quiere que todas las personas sean parte de la familia de Dios. El vino a ayudarnos a todos para ser parte de la familia de Dios para siempre.

Versículo Para Memorizar
Porque de tal manera amó Dios al mundo, que dio a su Hijo unigénito, para que todo aquel que cree en El, no se pierda, mas tenga vida eterna. Juan 3:16

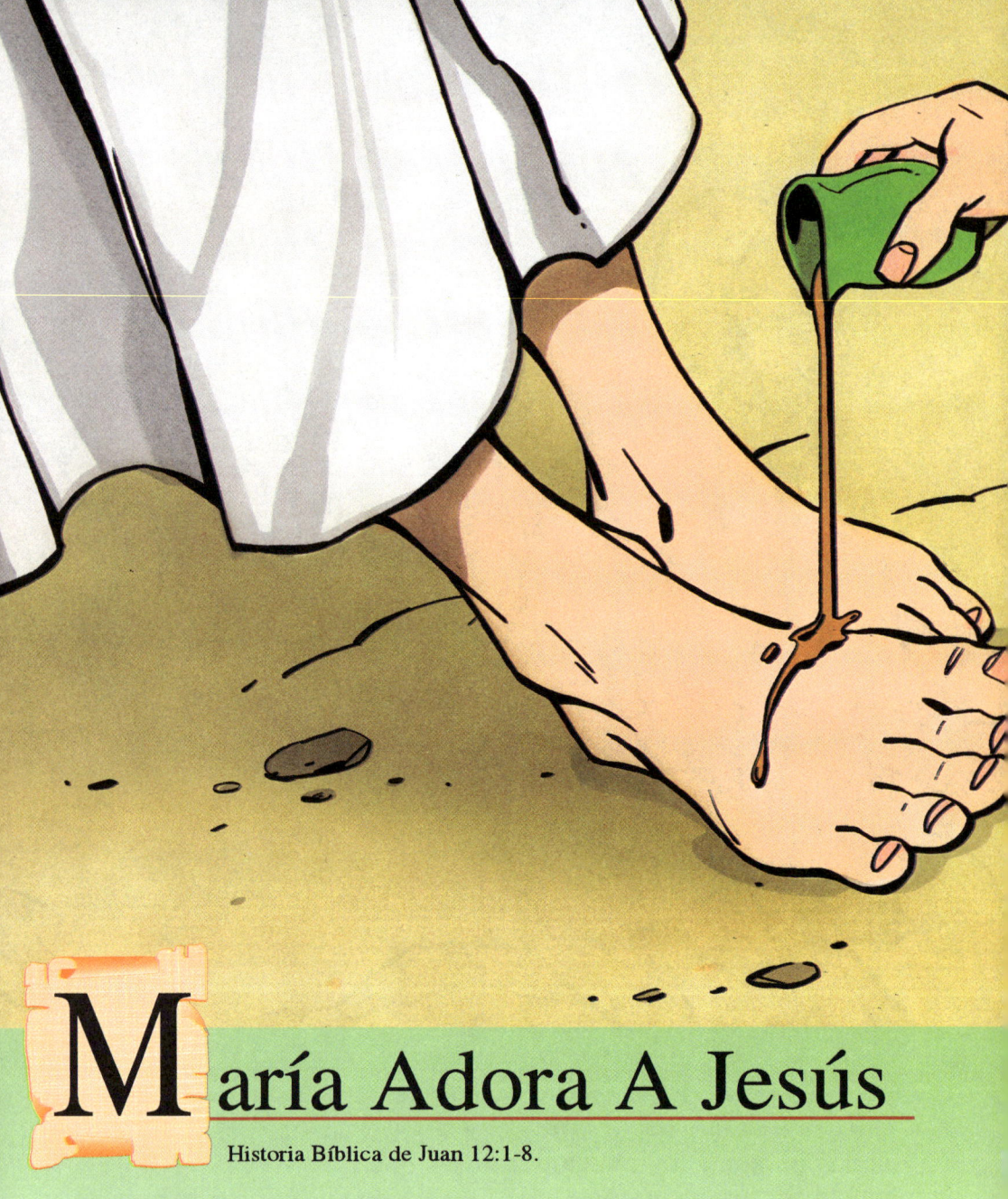

María Adora A Jesús

Historia Bíblica de Juan 12:1-8.

María, Martha y Lázaro creían que Jesús era el Hijo de Dios. El Había ayudado a su familia muchas veces. Ellos querían adorarlo en su hogar.

"Hagamos una reunión para El", dijo Martha. "Yo prepararé la comida y la serviré".

"Buena idea", dijo Lázaro. "Agradezcamos a Jesús por todo lo que ha hecho por nosotros".

"Tengo una buena idea para adorar a Jesús", dijo María. Ella compró un perfume especial que le costó mucho dinero. A la hora de la cena, María se arrodilló junto a Jesús y derramó el perfume sobre sus pies. Luego los secó con su cabello.

Los otros invitados vieron que María y su familia amaban a Jesús. Pero lo mejor de todo fue que Jesús vio cuanto les importaba. El siempre sería su mejor amigo.

Versículo Para Memorizar
Al Señor tu Dios adorarás, y a El sólo servirás.

Lucas 4:8

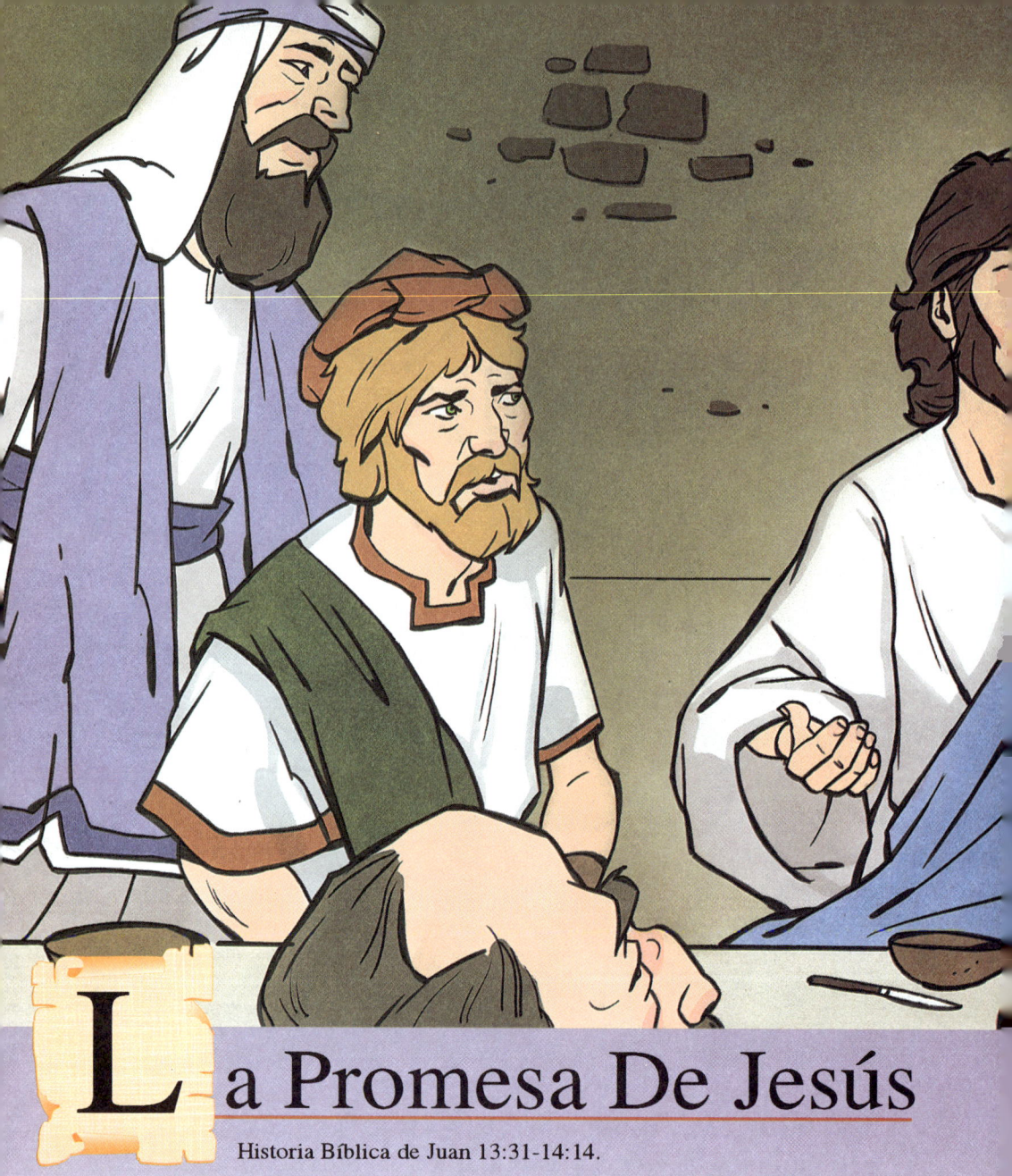

La Promesa De Jesús

Historia Bíblica de Juan 13:31-14:14.

Los discípulos estaban comiendo con Jesús. Era la última cena que tenían juntos. "Me voy", dijo Jesús. "Cuando ya no esté, deben amarse unos a otros como Yo los he amado".

"¿Para dónde vas?", le preguntó Pedro.

Jesús le contestó, "A la casa de Mi Padre. Me voy allí a preparar un lugar para ustedes. Algún día regresaré y los llevaré a vivir conmigo para siempre".

Los discípulos no entendieron. "¿Cómo hallaremos el camino para llegar allá?".

Jesús dijo, "Ustedes me conocen. Yo soy el único camino para llegar a Dios".

Los discípulos se sintieron tristes. Pero la promesa de Jesús los hizo sentir mejor. Algún día todos los que aman a Jesús irán a vivir con El para siempre.

Versículo Para Memorizar
Jesús le dijo: Yo soy el camino, y la verdad, y la vida.

Juan 14:6a

Jesús Se Despide

Historia Bíblica de Juan 15:9-22; 16:28-33; 17.

Jesús y Sus discípulos estaban caminando. Era de noche. Jesús les dijo, "Me iré muy pronto. Cuando Me haya ido recuerden amarse unos a otros. Hagan todo lo que les he enseñando".

Jesús también les dijo, "Ustedes son mis amigos, y eso los meterá en problemas. Algunos los odiarán así como me odiaron a mí. Deben confiar en que les seguiré ayudando cuando Me vaya a donde está Mi Padre".

Jesús oró por Sus discípulos, "Padre, Mi tiempo en la tierra se ha acabado. Ayuda a Mis discípulos y cuídalos. Ellos hablarán a otros sobre Tí. Después otros creerán que Tú me enviaste. Algún día todos los que creen estarán conmigo en el cielo".

Versículo Para Memorizar
Sufre penalidades conmigo, como buen soldado de Cristo Jesús.
II Timoteo 2:3

Jesús Murió Por Tí

Historia Bíblica de Marcos 15:1-39; I Corintios 15:3.

Jesús, el unigénito Hijo de Dios, vino a contarles a otros sobre Su Padre. Pero nadie quería escuchar lo que tenía que decir. Algunas personas incluso odiaban a Jesús. Ellos lo hicieron arrestar y lo trajeron ante Pilato, el gobernador. "¿Eres tú el rey?", le preguntó Pilato a Jesús.

Jesús dijo, "Sí. Lo que dices es cierto".

Esto molestó mucho a los enemigos de Jesús. Ellos mintieron y dijeron cosas malas sobre Jesús, pero El callaba.

Pilato sabía que Jesús no había hecho nada malo. Por eso le dijo a la gente, "Esta es una fecha especial. Puedo dejar salir un prisionero de la cárcel. ¿Quieren que deje ir a Jesús o a Barrabás?". Barrabás era un asesino.

"¡Suelta a Barrabás! ¡Mata a Jesús!", gritaba la gente.

"¿Qué ha hecho Jesús?", preguntó Pilato.

La gente simplemente gritaba más duro, "¡Mata a Jesús! ¡Ponlo en una cruz!".

Pilato no estaba feliz con lo que la gente quería, pero hizo que sus soldados se llevaran a Jesús. Clavaron a Jesús en una cruz de madera. La gente se quedó alrededor mirándolo y riéndose. "Bájate de ahí si eres tan poderoso", le gritaba la gente.

Jesús podría haberse bajado. Podría haber llamado un ejército de ángeles para ayudarle, pero se quedó en la cruz hasta morir. Eso fue lo que Dios, Su Padre, le pidió que hiciera.

Dios le pidió a Jesús morir para tomar el castigo por los pecados de todos. Puesto que Jesús murió en la cruz, Dios prometió perdonar los pecados de las personas y dejarlos ser parte de Su familia especial.

Cuando Jesús murió en la cruz, un soldado le dijo, "¡Jesús realmente era el Hijo de Dios!".

Versículo Para Memorizar
Cristo murió por nuestros pecados.

I Corintios 15:3b

María Da Las Buenas Nuevas

Historia Bíblica de Lucas 23:33; Juan 20:1-18.

María estaba muy triste. Jesús había muerto en una cruz. Era muy de mañana. María y otras mujeres iban a la tumba de Jesús.

Cuando llegaron allí, la gran piedra que estaba al frente de la tumba había sido movida.

La tumba estaba abierta. ¡El cuerpo de Jesús no estaba allí!.

María corrió a contarle a Pedro y a Juan. "¡El cuerpo de Jesús ha desaparecido!. Ya no está en la tumba", dijo ella asombrada.

Pedro y Juan corrieron a la tumba. Juan llegó primero. Pero no entró hasta que llegó Pedro. Pedro y Juan vieron que Jesús había desaparecido pero no sabían dónde estaba. Así que se fueron de la tumba.

María fue a la tumba de nuevo y empezó a llorar. Miró dentro de la tumba y vio dos ángeles.

"¿Por qué estás llorando?", le preguntaron los ángeles. "Se han llevado a Jesús", dijo María. "No sé dónde lo han puesto".

Entonces María dio la vuelta y vio a alguien que estaba de pie junto a la tumba. Pensó que era el jardinero. El le dijo, "¿Por qué estás llorando? ¿A quién estás buscando?".

María le respondió, "Señor, si tú te llevaste a Jesús, por favor dime dónde lo has puesto".

"María", le dijo el hombre.

María vio que era Jesús. ¡Jesús estaba vivo! "¡Maestro!", dijo María.

María ya no estaba triste. Fue donde estaban los amigos de Jesús. ¡Qué hermosas noticias tenía para darles!. "He visto a Jesús", dijo María. "¡Jesús está vivo!".

Versículo Para Memorizar
No está aquí, porque ha resucitado, tal como dijo.

Mateo 28:6a

No Estamos Solos

Historia Bíblica de Lucas 24:36-43; Juan 20:19-29.

Los discípulos se reunieron en secreto después que Jesús murió. Tenían miedo de que los soldados vinieran y los llevaran también a ellos. De repente Jesús apareció en el cuarto donde estaban ellos. "¡La paz esté con ustedes!", les dijo.

Los discípulos vieron las cicatrices de los clavos en las manos y pies de Jesús. ¿Era posible que fuera Jesús? ¿En realidad estaba El ahí?.

Jesús les dijo, "¿Por qué dudan?" Después comió un pedazo de pez para demostrarles que estaba vivo. Cuando lo vieron comer, supieron que era verdad.

Tomás, uno de los discípulos, no vio a Jesús. Tomás dudó que Jesús estuviese vivo. Pero a la siguiente vez que Jesús vino, Tomás estaba allí. Jesús le dijo, "Mira las marcas de los clavos. No dudes; cree solamente".

Tomás dijo, "Oh, Jesús, ¡En realidad ERES TU!".

Jesús le dijo, "Crees que estoy vivo porque me viste. Felices los que sin verme creen".

Versículo Para Memorizar
Yo estoy con vosotros todos los días, hasta el fin del mundo.
Mateo 28:20b

El Trabajo De Pedro

Historia Bíblica de Juan 21:1-17.

Algunos de los discípulos de Jesús se fueron a pescar una noche. Pero no atraparon ningún pez en sus redes. Mientras que remaban su barca de vuelta a la playa, vieron un hombre parado a la orilla. El les gritó, "Arrojen su red de nuevo".

Cuando lo hicieron, llenaron su red de peces. Juan dijo, "¡Ese hombre es Jesús!". Pedro saltó de la barca y chapaleó en el agua hasta llegar a la orilla tan rápido como le fue posible.

Luego Jesús le preguntó a Pedro, "¿Me amas?".

"Si, Señor", contestó Pedro. "Tú lo sabes".

"Entonces cuida a Mis ovejas", le dijo Jesús.

Las ovejas de Jesús son toda la gente que Lo ama. El trabajo especial de Pedro era ayudar a la gente y contarle de Jesús. Jesús quiere que Sus seguidores escuchen y aprendan de aquellos que enseñan sobre El.

Versículo Para Memorizar
Pero os rogamos hermanos, que reconozcáis a los que con diligencia trabajan entre vosotros, y os dirigen en el Señor y os instruyen.   I Tesalonicenses 5:12

Jesús Va Al Cielo

Historia Bíblica de Lucas 24:50-53; Hechos 1:8-14.

Jesús murió y resucitó. Mucha gente vio a Jesús después que resucitó. El pasaba tiempo con sus discípulos enseñándoles las cosas que necesitaban saber antes de irse.

Un día Jesús condujo sus discípulos a un gran cerro.

Cuando llegaron a la cima, Jesús se detuvo y dijo, "Esperen el Espíritu Santo de Dios. El les ayudará a ser mis testigos. Vayan y hablen a otras personas sobre Mí, aquí y en otras tierras. Háblenle a la gente de todo el mundo".

Mientras los discípulos escuchaban a Jesús, El comenzó a elevarse. Muy pronto estaba tan alto en el cielo que una nube lo cubrió. Los discípulos no sabían qué pensar. Lo único que pudieron hacer fue quedarse ahí y mirar hacia el cielo.

De repente dos ángeles vestidos de blanco estaban al lado de ellos. "¿Por qué están mirando al cielo?", les preguntaron los ángeles. "Jesús se ha ido al cielo. Ustedes lo vieron ir. El volverá algún día de la misma manera".

Luego los amigos de Jesús regresaron a la ciudad. Oraron juntos y esperanron por el Consolador Especial que Jesús les había prometido.

"Muchas gracias, Dios, por haber enviado a Jesús", oraron los amigos. "Gracias por resucitar a Jesús. Ayúdanos hacer lo que Tú quieres. Trabajaremos para Ti hasta que Jesús regrese de nuevo".

Versículo Para Memorizar
Vendré otra vez y os tomaré conmigo.

Juan 14:3b

Nuevo Oficio De Saulo

Historia Bíblica de Hechos 9:1-22.

Saulo no creía en Jesús y odiaba a la gente que lo hacía. Un día salió rumbo a la ciudad de Damasco para encontrar algunos de los amigos de Jesús. El trabajo de Saulo era enviarlos a la cárcel. Cuando iba por el camino, una brillante luz lo iluminó desde el cielo. Saulo cayó al suelo al escuchar una voz que le dijo, "Saulo, ¿Por qué me persigues?".

"¿Quién eres Tú, Señor?", preguntó Saulo.

La respuesta fue, "Soy Yo, Jesús".

Cuando Saulo se levantó, no podía ver. Sus amigos lo ayudaron a llegar a Damasco. Allí se encontró con un hombre llamado Ananías. Jesús le había hablado a Ananías en una visión y le había dicho que pusiera sus manos sobre los ojos de Saulo. Cuando lo hizo, Saulo pudo ver de nuevo.

Saulo cambió su nombre por Pablo. Ahora creía que Jesús era el Hijo de Dios. Así que Dios le dio a Pablo un nuevo trabajo. Le mandó que hablara a la gente sobre Jesús, Su Salvador.

Versículo Para Memorizar
Y hay diversidad de ministerios, pero el Señor es el mismo.

I Corintios 12:5

Pablo Es Enviado

Historia Bíblica de Mateo 28:18-20; Hechos 9:15; 13: 1-5.

Antes que Jesús volviera al cielo, le dijo a Sus discípulos, "Cuéntenle a la gente de todos los países sobre Mí. Bautícenlos y enséñenles que me obedezcan".

Pablo fue uno de los hombres que Dios escogió para que fuera de ciudad en ciudad enseñando a la gente sobre Jesús.

Un hombre llamado Bernabé le pidió a Pablo venir a su iglesia en Antioquía. Después él y Pablo enseñaron a la gente de Antioquía como obedecer a Jesús.

Cierto día mientras que la gente de Antioquía estaba alabando, El Santo Espíritu de Dios les habló: "Tengo un trabajo para Pablo y Bernabé. Ellos serán Mis misioneros. Ayúdenles a hacer el trabajo que tengo para ellos".

La iglesia oró por Pablo y Bernabé. Después ambos comenzaron el viaje. Fueron de lugar en lugar enseñando a la gente sobre Jesús. Ellos eran misioneros de Jesús.

Versículo Para Memorizar
Id, pues, y haced discípulos a todas las naciones.

Mateo 28:19a

Dorcas Ayuda A Otros

Historia Bíblica de Hechos 9:36-42.

Dorcas vivía en la ciudad de Jope. Ella tenía muchos amigos. También amaba a Jesús y quería agradarlo. Por eso utilizaba su tiempo y dinero para ayudar a otros.

Dorcas sabía coser. Hacía ropa muy bonita. Siempre que veía un niño o una mujer pobre, les hacía ropa nueva.

Puntada tras puntada, cosía con mucho amor. Se sentía feliz de ver a sus amigos pobres vestir ropa cálida y limpia que ella había hecho.

"Me gusta verme bien y yo sé que a ellos también", se dijo para sí misma. "Y sé que esto es lo que Dios quiere que yo haga. El me ha dado todo lo que necesito. Por eso quiero compartir lo que tengo con otros".

Un día Dorcas se sintió muy enferma. Sus amigos estaban preocupados. Ella siempre cuidaba de ellos. Y ahora, ¿Qué podían hacer por ella?. Probaron todo lo que se les ocurrió, pero nada funcionó. Dorcas murió y todo el mundo lloró.

En aquel momento unos de sus amigos dijo, "Escuché que uno de los discípulos de Jesús llamado Pedro está cerca del pueblo de Lida. Quizás él puede ayudar a Dorcas. Dios le ha dado un poder único para sanar a los enfermos".
Entonces los amigos de Dorcas mandaron dos hombres a Lida para traer a Pedro.

Pedro acordó con los hombres ir a Jope para ver a Dorcas. Cuando llegó a la casa de Dorcas, sus amigos le mostraron a Pedro toda la ropa que ella había hecho para ellos. Pedro entendió cuánto amaba Dorcas a Jesús al ver las cosas que ella había hecho para otra gente.

Pedro fue al cuarto de Dorcas para orar por ella. Se arrodilló al lado de su cama y habló con Dios. Después habló con Dorcas y le dijo, "¡Dorcas, levántate!".

Dorcas abrió sus ojos y se sentó. Luego Pedro tomó su mano y la llevó al primer piso donde estaban sus amigos. Todos estaban muy felices. Y mucha gente en Jope creyó en Jesús por Pedro y Dorcas.

Versículo Para Memorizar
Y consideremos cómo estimularnos unos a otros al amor y a las buenas obras.

Hebreos 10:24

Los Cristianos Dan Ofrenda

Historia Bíblica de Hechos 11:22-30.

Pablo y Bernabé fueron a una iglesia en una ciudad llamada Antioquía. Allí enseñaron a la gente sobre Jesús usando La Palabra de Dios.

Un día llegó un mensaje de la iglesia de Jerusalén. El mensaje decía, "Vendrá una gran hambre. Muy pronto va a ser difícil cultivar alimentos. La gente en la iglesia de Jerusalén no tendrá suficiente comida".

Los cristianos en Antioquía dijeron, "Queremos ayudar a la iglesia en Jerusalén. Ellos nos ayudaron enviando a Pablo y a

Bernabé para que nos enseñaran sobre Jesús. Les ayudaremos para que tengan comida".

Entonces los creyentes de Antioquía recolectaron una ofrenda. Luego mandaron el dinero a la iglesia de Jerusalén.

La gente de la iglesia de Jerusalén estaba muy feliz de tener el dinero. Ellos le dijeron a Pablo y a Bernabé, "Estamos muy contentos por los cristianos de Antioquía. Estamos muy agradecidos por su ayuda".

Versículo Para Memorizar
Porque Dios ama al dador alegre.

II Corintios 9:7b

Pedro Es Liberado

Historia Bíblica de Hechos 12:1-19.

Después que Jesús fue al cielo, Sus discípulos fueron de lugar en lugar hablando a la gente sobre El. El rey Herodes sabía que a muchas personas en su reino no les gustaban los discípulos de Jesús. Entonces Herodes hizo arrestar al discípulo Santiago y le quitó la vida. Esto hizo que los enemigos de Jesús estuvieran felices. Luego el rey arrestó también a Pedro.

Pedro fue llevado a la cárcel y encadenado en medio de dos soldados. Cierta noche Dios mandó un ángel para rescatar a Pedro. Una brillante luz alumbró la celda. Las cadenas de Pedro se soltaron. Los dos guardias que estaban con Pedro no escucharon, ni vieron nada. Seguían durmiendo.

"Levántate y vístete", dijo el ángel. "Después sígueme". Pedro hizo lo que el ángel le decía. Era casi como un sueño. Ellos pasaban los guardias sin ser vistos. Las celdas que tenían candado se abrían sin usar llaves.

De repente Pedro se halló solo, parado en la calle. "No era un sueño. ¡Estoy libre!", se dijo a sí mismo. Entonces se apresuró para llegar a la casa de un amigo donde mucha gente se había reunido para orar por él.

¡Pum, pum, pum!. Pedro golpeó la puerta. "¿Quién podrá ser?", se preguntaban los que estaban adentro. "Es tarde, ¿Será que son soldados que vienen a arrestarnos a nosotros también?".

Rode, una muchacha sierva, fue a la puerta y preguntó, "¿Quién es?".

"Soy yo, Pedro", escuchó responder al hombre. Rode estaba tan contenta, que corrió a decirle a los demás.

"¿Estás segura que es Pedro?", todos le preguntaron a Rode.

"Sí, en realidad es él. Reconozco su voz", dijo ella. Entonces regresó y abrió la puerta. Todos estaban muy felices de ver a Pedro y escuchar de su gran huída.

"Que bueno es saber que nada es demasiado difícil para Dios", dijeron todos.

Versículo Para Memorizar
Nada es imposible para ti.

Jeremías 32:17b

Un Milagro Y Un Error

Historia Bíblica de Hechos 14:6-18.

Pablo y Bernabé eran misioneros. Fueron a muchos lugares contándole a la gente las buenas noticias sobre Jesús. Mucha gente comenzó a creer en El.

Un día cuando Pablo comenzó a predicar sobre Jesús, vio un hombre cojo que lo estaba escuchando. Pablo pudo ver que este hombre creía que Jesús lo podía sanar. "¡Ponte de pie!", le dijo Pablo.

El hombre se puso de pie. ¡Podía caminar!.

La otra gente en la ciudad vio esto. No podían entender que era el poder de Jesús el que había sanado al cojo. Ellos pensaron que Pablo y Bernabé habían sanado al hombre con sus propios poderes.

La gente señalaba a Pablo y Bernabé. "¡Estos hombres son dioses!", decían ellos. La gente quería adorar a Pablo y a Bernabé.

"¡Paren!", gritaron Pablo y Bernabé. "No somos dioses. Somos personas como ustedes".

"Vinimos para contarles a ustedes las buenas noticias que hay un Dios vivo y real. Queremos que olviden los falsos dioses. El Dios vivo y real hizo todas las cosas. El manda lluvia del cielo y les ayuda a ustedes para tener la comida que necesitan".

Pablo y Bernabé hablaron y hablaron; pero para la gente fue muy difícil entender. Ellos podían ver a Pablo y a Bernabé, pero no podían ver a Dios.

Inmediatamente Bernabé y Pablo tuvieron que salir de esa ciudad. Tenían que hacer más trabajo misionero. Tenían que seguir predicando sobre Jesús. Sabían que Jesús les daría poder para hacer el trabajo.

Versículo Para Memorizar
El que sirve, que lo haga por la fortaleza que Dios da.

I Pedro 4:11b

Cómo Ser Un Buen Obrero

Historia Bíblica de Hechos 12:25-13:13, 15:36-41; Colosenses 4:10; II Timoteo 4:11.

Juan Marcos quería ser un misionero como Pablo y Bernabé. Se ofreció para ser ayudante de ellos. Entonces, los tres hombres viajaron a una tierra lejana para hablar a la gente sobre Jesús. El viaje no era nada fácil, y Juan Marcos decidió renunciar y regresar a casa.

La siguiente oportunidad que Pablo y Bernabé planearon un viaje, Bernabé preguntó si también Juan Marcos podía ir. Pablo dijo, "No, él no es un buen obrero. El nos abandonó".

"Jesús le puede ayudar a ser un buen obrero", dijo Bernabé. Pero Pablo todavía decía que no. Esto molestó a Bernabé. El quería darle a Juan Marcos otra oportunidad.

Entonces Pablo viajó con su amigo Silas. Y Bernabé viajó con Juan Marcos. Esta vez Juan Marcos no renunció y aprendió a ser un buen obrero. ¡Aún Pablo lo reconoció!.

Versículo Para Memorizar
Por tanto, mis amados hermanos, estad firmes, constantes, abundando siempre en la obra del Señor, sabiendo que vuestro trabajo en el Señor no es en vano.   I Corintios 15:58

Mucho Trabajo Para Pablo Y Silas

Historia Bíblica de Hechos 16: 12-40.

Pablo sabía que todavía faltaba mucha gente que nunca había escuchado sobre Jesús. Entonces se fue a otro viaje misionero. Esta vez un hombre llamado Silas fue con Pablo para ayudarle.

Un día Pablo y Silas llegaron a un lugar donde unas mujeres estaban orando. Una de ellas se llamaba Lidia. Lidia y la otra mujer conocían sobre Dios. Pero no sabían del Hijo de Dios. Entonces Pablo les habló todo sobre Jesús.

Lidia creyó lo que Pablo dijo sobre Jesús. Ella y su familia fueron bautizados. Pablo y Silas se quedaron en su casa.

Un día Pablo y Silas conocieron a una esclava. Esta muchacha ganaba dinero para sus amos diciéndole a la gente qué iba a pasar en el futuro.

Pablo sabía que era malo que la muchacha hiciera esto. Entonces Pablo oró por ella, y Jesús la ayudó a cambiar. Los amos de la muchacha estaban muy enojados. Hicieron arrestar a Pablo y a Silas.

Pablo y Silas seguían confiando en Jesús aunque estuvieran en la cárcel. Oraban y Alababan a Dios.

A la medianoche hubo un gran terremoto que estremeció la cárcel. Las puertas se abrieron. Las cadenas de todos se soltaron. El carcelero pensaba que todos sus prisioneros habían escapado. Entonces decidió que sería mejor morir en vez de ser castigado por dejarlos huír.

Pablo y Silas gritaron, "No te hagas ningún daño. Todos estamos aquí".

El carcelero estaba muy feliz de escuchar sus voces. Le preguntó a Pablo y Silas, "¿Qué puedo hacer para ser salvo?".

Pablo y Silas le contestaron, "Si crees en el Señor Jesucristo, serás salvo".

El carcelero creyó y los invitó a que hablaran a su familia sobre Jesús. Luego toda su familia creyó en Jesús.

Ahora todos eran parte de la familia de Dios. Entonces Pablo y Silas los bautizaron.

Al siguiente día Pablo y Silas salieron de la cárcel. Tenían más trabajo misionero que hacer. Tan pronto salieron, fueron a hablar con personas de otros lugares para que conocieran a Jesús y creyeran en El.

Versículo Para Memorizar
Y les dijo: Id por todo el mundo y predicad el evangelio a toda criatura. Marcos 16:15

Pablo Ayuda A Una Iglesia

Historia Bíblica de Hechos 18:1-11.

Pablo fue a la ciudad de Corinto. Aquila y su esposa, Priscila, hacían tiendas en esta ciudad. Pablo se quedó y trabajó con ellos.

Cada semana Pablo salía para hablar a la gente de Jesús. El quería que la gente creyera en Jesús y que hiciera parte de la iglesia de Dios. Poco después Pablo comenzó a dedicar todo su tiempo a enseñar sobre Jesús.

A algunas personas no les gustaba lo que Pablo decía. Pero mucha gente creyó en Jesús.

Jesús habló con Pablo en una visión. Le dijo, "Sigue enseñando a la gente de Mí. Estoy contigo".

Entonces Pablo siguió predicando y la iglesia siguió creciendo. Pablo les ayudaba a ser como Jesús.

Versículo Para Memorizar
Velad con toda perseverancia y súplica por todos los santos.

Efesios 6:18b

Apolos Escucha Y Aprende

Historia Bíblica de Hechos 18:24-28.

Los buenos amigos de Pablo, Priscila y Aquila, se fueron a la ciudad de Efeso. Ellos trabajaban con cuero al igual que Pablo. Hacían tiendas y bolsos y otras cosas útiles. También eran seguidores de Jesús y eran muy buenos maestros.

Un día un hombre de Egipto llegó al pueblo. El era un judío de la ciudad de Alejandría. Está ciudad era muy conocida por su gran colegio y su biblioteca. El nombre de este hombre era Apolos.

Apolos habló en la sinagoga en Efeso. Priscila y Aquila pensaron que él era un buen predicador. Apolos creía en Jesús, pero había muchas cosas que no sabía de Jesús.

Priscila y Aquila invitaron a Apolos a su casa. Allí le enseñaron más de Jesús. Apolos estaba muy alegre por la ayuda de ellos. El usó lo que había aprendido para ser un buen maestro, tal como Aquila y Priscila.

Versículo Para Memorizar
Inclina tu oído y oye las palabras de los sabios.

Proverbios 22:17a

Jesús Cuida A Pablo
Historia Bíblica de Hechos 27.

Pablo era un misionero de Jesús. El hablaba de Jesús a donde iba. Pero a algunas personas no les gustaba esto. Así que hicieron arrestar a Pablo.

Un día Pablo y otros prisioneros fueron llevados a un barco muy grande. Un centurión y sus soldados iban con ellos para cuidarlos. Estaban navegando hacia una ciudad llamada Roma.

Era casi invierno cuando el buque zarpó. El mar estaba agitado y el viento era muy frío. Pablo sabía que no era seguro navegar así.

"El tiempo está mal", dijo Pablo. "No deberíamos seguir navegando. Nuestro barco puede ser destrozado por una tormenta. Todos los que están en la nave pueden resultar heridos".

Pero nadie escuchaba a Pablo. "Sigan navegando", decía el centurión.

De repente comenzó una tormenta. El viento hacía que el barco se moviera de un lado para otro. Las olas golpeaban contra la cubierta. El cielo estaba tan oscuro como la noche. Llovío y llovío por varios días y noches.

Toda la gente que estaba en el barco tenía miedo. "Vamos a morir en esta tormenta", gritaban ellos.

Pero Pablo le dijo a la gente, "¡Sean valientes!, un ángel de Dios me visitó anoche. Me prometió que todos viviremos pero nuestro barco será destrozado".

Al poco tiempo el barco estaba cerca de la tierra. El centurión les indicó a todos qué hacer. Les dijo, "Si pueden nadar, naden hasta la playa. Si no pueden nadar, sosténganse de las tablas, y así llegaran flotando a la playa".

La gente que estaban en el barco hizo lo que él les dijo. Y todos estuvieron a salvo. Pablo también se salvó. Jesús cuidó muy bien a Pablo.

Versículo Para Memorizar
Te basta mi gracia, pues mi poder se perfecciona en la debilidad.

II Corintios 12:9a

Timoteo Aprende Las Escrituras

Historia Bíblica de II Timoteo 1:1-5; 3:14-17.

Timoteo era un niño cuando por primera vez aprendió algo de Dios. Su mamá y su abuelita le enseñaron al pequeño Timoteo la Palabra de Dios, las Escrituras.

"Pon atención, Timoteo", le decía su madre. "Dios te enseñará de las Escrituras lo que es bueno y lo que es malo".

"Pon atención, Timoteo", le decía su abuelita. "Las Escrituras nos dicen cómo es Dios. El nos ama y quiere que nosotros le obedezcamos".

Timoteo ponía mucho cuidado cuando su mamá y su abuelita le contaban historias de las Escrituras. Mientras crecía, Timoteo aprendió a leer las Escrituras. Pero lo más importante fue que aprendió a amar a Dios. Y puesto que aprendió a amar a Dios, también quería hacer las cosas que agradaban a Dios.

Timoteo aprendió de las Escrituras que Dios no quería que él robara, ni mintiera. Timoteo trataba de no hacer estas cosas. También aprendió que Dios quería que ayudara a otras personas a perdonar y compartir las cosas que Dios les había dado. Timoteo trató de hacer estas cosas.

Tiempo después, cuando Timoteo era un joven, Pablo llegó al pueblo de Timoteo. Pablo le dijo, "Jesús es el Hijo de Dios. Las Escrituras decían que Dios madaría a Jesús. Dios quiere que tú creas en Jesús".

La madre de Timoteo dijo, "Creeré en Jesús".

Timoteo dijo, "Creeré en Jesús".

Tiempo después, Pablo regresó y habló con Timoteo.

"Timoteo, tú sabes las Escrituras muy bien. Tú serías una buena ayuda para mí.

Le enseñaremos a la gente lo que las Escrituras dicen sobre Jesús".

Timoteo estaba muy contento de haber puesto atención cuando su familia le enseñó la Palabra de Dios. Todo lo que aprendió le ayudó a ser un buen obrero de Dios.

Versículo Para Memorizar
Maravillosos son tus testimonios, por lo que los guarda mi alma.

Salmo 119:129

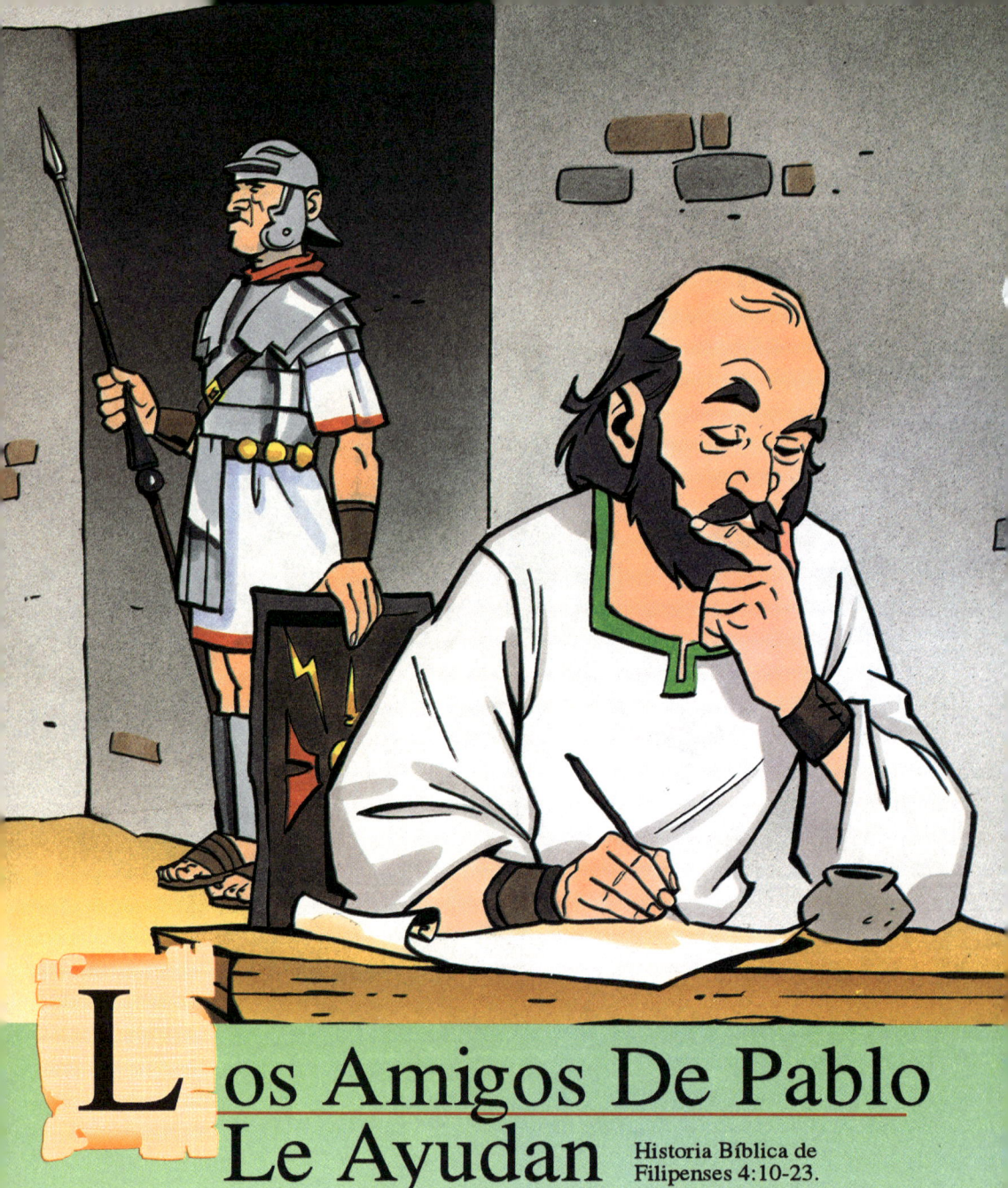

Los Amigos De Pablo Le Ayudan

Historia Bíblica de Filipenses 4:10-23.

Pablo era un misionero de Jesús. Algunas personas querían que Pablo dejara de predicar. Entonces lo hicieron arrestar.

Muchos de los amigos de Pablo vivían muy lejos. Pero querían ayudarlo. Ellos sabían que él necesitaba dinero para comprar comida y ropa. Entonces reunieron dinero para mandárselo. Un hombre viajó desde muy lejos para llevarle el dinero. Pablo estaba muy feliz por este regalo de amor.

El le escribió una carta a sus amigos. "Queridos amigos, ¡su regalo me hizo muy feliz!. No es que necesite dinero para vivir. Puedo estar feliz así no tenga nada, porque Dios me da las fuerzas y el ánimo que necesito".

"Sé que su regalo de amor para mí, hizo a Dios muy feliz también. El se acordará de las cosas buenas que ustedes hacen. Y El les dará todo lo que necesitan".

Versículo Para Memorizar
Más bienaventurado es dar que recibir.

Hechos 20:35b

Pablo Confía En Jesús

Historia Bíblica de Hechos 21:10-14, 27-36; 23:11-35.

Pablo iba para Jerusalén. Los amigos de Pablo le advirtieron que no fuera. "Algunas personas de esa ciudad tratarán de detenerte para que no hables a otros sobre Jesús", le dijeron ellos. Pero Pablo confiaba en que Dios le ayudaría. Entonces se fue.

Dios ayudó a Pablo a ser valiente cuando llegó a Jerusalén. Algunos hombres mintieron sobre Pablo y un grupo de personas trató de hacerle daño. Entonces algunos soldados vinieron y arrestaron a Pablo y lo pusieron en la cárcel.

Los hombres que odiaban a Pablo se reunieron para hablar.

Hicieron un plan secreto para matarlo. Pero el sobrino de Pablo estaba cerca. El escuchó su plan y le contó todo a Pablo y a los soldados que estaban cuidándolo.

Los soldados llevaron a Pablo fuera del pueblo en la noche para que los enemigos no lo mataran.

Dios no permitió que los enemigos de Pablo le hicieran daño. Pablo confió en Dios y Dios le ayudó a ser valiente.

Versículo Para Memorizar
Sino exhortándonos unos a otros.

Hebreos 10:25b

El Siervo Arrepentido

Historia Bíblica de Filemón 1-25.

A Onésimo no le gustaba ser un siervo. El trabajaba para un hombre llamado Filemón. Un día Onésimo hizo algo malo y huyó de Filemón.

Onésimo se dirigió a la gran ciudad de Roma. Una gran ciudad era un buen lugar para esconderse. Pero Pablo estaba en Roma, y él era amigo de Filemón. De algún modo Pablo y Onésimo se encontraron. Pablo le contó a Onésimo sobre Jesús. Onésimo creyó en lo que Pablo le dijo y decidió ser parte de la iglesia.

Ahora Onésimo estaba arrepentido por las malas cosas que había hecho y por huír de Filemón.

Pablo le mandó una carta a su amigo Filemón. La carta decía, "Querido Filemón, eres parte de la iglesia de Dios porque crees en Jesús. Onésimo es parte de la iglesia también. Te lo estoy enviando de vuelta. Debes demostrarle amor porque eso es lo que Jesús quiere que tú hagas".

Versículo Para Memorizar
Amados, amémonos unos a otros, porque el amor es de Dios.

I Juan 4:7a

Juan Escribe De La Familia De Dios

Historia Bíblica de I Juan 3; Apocalipsis 21-22.

Dios le dijo a Juan que escribiera una carta. Juan escribió, "Dios nos ama mucho. El lo demostró al enviarnos a Jesús. Ahora Dios nos llama Sus hijos porque creemos en Su Hijo, Jesús. Somos la familia de Dios, la iglesia. Por esta razón, Dios no quiere que hagamos cosas malas. El quiere que nos amemos unos a otros y hagamos lo que es bueno. Podemos demostrar nuestro amor por Dios, ayudando a otros de la familia de Dios".

Dios también le mostró a Juan qué pasaría en el futuro. Dios le mostró a Juan cómo va a ser el cielo. Juan escribió las cosas que Dios le mostró: "La familia de Dios vivirá en el cielo. Estaremos allá con Jesús para siempre. Podemos esperar esto porque Dios nos lo ha prometido y la Palabra de Dios es verdad".

Versículo Para Memorizar
Mirad cuán bueno y cuán agradable es que los hermanos habiten juntos en armonía.

Salmo 133:1

Virtudes Bíblicas
Galería De La Fama

SANTIDAD - Pablo
En el libro de Romanos, Pablo le dice a los cristianos que Dios quiere que seamos santos. Ser santos significa que debemos ser como Dios. Debemos ser honestos, amorosos, y siempre querer hacer lo que es bueno. Cuando tus amigos quieren que hagas algo malo, ¿Estás dispuesto a decirles no? ¿Estás dispuesto a ser santo?

ALABANZA - Débora
La Biblia nos dice que debemos alabar a Dios. Cuando alabamos a Dios, le decimos cúan maravilloso es. Débora era una mujer sabia que alababa a Dios. Cuando Dios le dio a los israelitas victoria sobre sus enemigos, Débora los dirigió en un canto de alabanza. Podemos leer la letra de su canto en Jueces 5. ¿Qué es lo que Dios ha hecho por ti? ¿Cómo le puedes adorar?

FE - Abraham

La Biblia nos dice que debemos tener fe en Dios. Fe es creer que Dios hará las cosas que ha prometido. Abraham era un hombre de fe. El obedecía a Dios aún cuando no entendía porqué Dios le pedía hacer algo. Cuando Dios le prometió a Abraham darle un hijo, le creyó aunque él y su esposa, Sara, eran muy viejos. Abraham también demostró su fe en Dios en muchas otras ocasiones. ¿Confías que Dios cumplirá lo que te ha prometido?

VALENTIA - Ester

Hay muchas historias en la Biblia sobre la valentía. La valentía es estar dispuesto a hacer lo que se necesita hacer cuando hay que enfrentarse al peligro. La reina Ester se arriesgó a perder su vida para salvar a su pueblo. Aunque tenía mucho miedo, no dejó que su temor la detuviera para ver al rey. ¿Tienes suficiente valentía para hacer lo que es bueno cuando te enfrentas a un gran problema?

SABIDURIA
El Rey Salomón

La Biblia nos dice que el rey Salomón era el hombre más sabio que haya existido. Ser sabio es muy diferente a ser inteligente. La sabiduría es un regalo de Dios. Las personas que son sabias usan muy bien lo que saben, y deciden seguir y obedecer a Dios. ¿Cómo estás usando lo que estás aprendiendo? ¿Le has pedido a Dios que te dé sabiduría?

OBEDIENCIA
Jonás

Hay muchas historias en la Biblia sobre la obediencia. La obediencia es hacer lo que te mandan. Dios quiere que Su pueblo le obedezca. Jonás aprendió esta lección de una forma muy difícil. El trató de huír de Dios porque no quería obedecer. Pasó tres días en el estómago de un gran pez pensando en el problema que se había causado a sí mismo por desobedecer a Dios. ¿Puedes pensar en alguna vez que te metiste en problemas por no obedecer?

¿Por qué crees que obedecer a Dios, a tus padres, y a tus profesores es la mejor idea?

RESPONSABILIDAD
Nehemías

La Biblia nos dice que debemos ser personas responsables. Eso significa que se puede confiar en que haremos lo que prometimos. Las personas responsables están dispuestas a hacer su parte del trabajo. Nehemías era una persona responsable. Ayudó a su pueblo a reconstruir los muros de Jerusalén, y no paró hasta que el trabajo estuvo terminado. ¿Eres responsable ayudando en la casa? ¿Terminas las tareas que empiezas?

FIDELIDAD - Rut

Hay muchos ejemplos de personas fieles en la Biblia. Una de las más famosas es Rut. Ser fiel significa que proteges y cuidas a alguien sin importar lo que cueste, se puede confiar en ti. Rut era muy fiel a su suegra, Noemí. Después que el esposo y el hijo de Noemí murieron, Rut la cuidó. ¿En quién puedes confiar? ¿Quién te es fiel? ¿A quién eres tú fiel? ¿Eres fiel a Dios? Cuando alguien que tú conoces usa el nombre de Dios en una forma equivocada, ¿defiendes el nombre de Dios y le dices a esa persona que deje de hacerlo?

GOZO - Pablo y Silas

La Biblia nos dice que Dios quiere que Su pueblo esté gozoso. Estar gozoso es la mejor clase de sentimiento que puedes tener. El gozo es mejor que la felicidad, porque éste perdura aún cuando algo malo sucede. Pablo y Silas fueron golpeados y puestos en prisión por hablarle a la gente de Jesús, pero aún así se sentían gozosos. Sabían que Dios estaba con ellos, los amaba y cuidaría de ellos. Cuando te pasan cosas malas, ¿Todavía tienes gozo porque sabes que Dios se preocupa por ti y te quiere ayudar?

AMOR - María y José

No hay mejor lugar en el mundo para aprender sobre el verdadero amor que la Biblia. Esto es porque nadie sabe más del amor, que Dios. Y la Biblia es Su Palabra. El amor es más que gustar mucho de alguien, el amor es una acción. Cuando amamos a alguien se demuestra en las cosas que decimos y hacemos. Dios nos dice que nos ama de la misma manera que un padre y una madre aman a sus hijos. María y José mostraron este amor tan especial por Jesús, enseñándole la Palabra de Dios y ayudándole a crecer como un hombre recto. ¿Cómo te muestran tus padres que te aman? ¿Cómo les muestras tú que los amas? ¿Cómo nos muestra Dios Su amor por nosotros?

AGRADECIMIENTO
Noé

La Biblia nos dice que debemos estar agradecidos por todo lo que Dios ha hecho por nosotros. El agradecimiento es un sentimiento de aprecio. Cuando alguien hace algo especial por nosotros, debemos decirle gracias para hacerle saber que nos gusta o apreciamos lo que ha hecho. Cuando Dios salvó a Noé y a su familia del diluvio, Noé se acordó de darle gracias a Dios. Dios estaba muy contento y prometió que nunca más mandaría un diluvio a la tierra. A Dios le agrada cuando nosotros le damos las gracias. ¿Has dado gracias a Dios por todo lo que ha hecho por ti?

COLABORACION
Moisés

La Biblia nos dice que Dios quiere que Sus seguidores sean una gran familia. El quiere que nos ayudemos mutuamente. Moisés le ayudó a los israelitas a salir de Egipto y viajar a la tierra prometida. Cuando el trabajo de cuidar al pueblo de Dios se puso muy difícil para que Moisés lo hiciera solo, Dios le ayudó a escoger buenos ayudantes.

¿En qué necesitas ayuda? ¿Quién te puede ayudar? ¿Cómo estás ayudando a los demás?